KB137505

우리 아들과 딸이

사랑에
눈뜨던 날

한일동 교수의 세계의 명시산책 ②

우리 아들과 딸이

사랑에 눈뜨던 날

초판 발행일 : 2014년 4월 12일

편저자 : 한일동
발행인 : 이성모
발행처 : 도서출판 동인

출판등록 : 제1-1599호
서울시 종로구 명륜동 2가 237 아남주상복합Ⓐ 118호
전화 : (02) 765-7145 / 팩스 : (02) 765-7165
이메일 : dongin60@chollian.net
홈페이지 : donginbook.co.kr

정가 : 13,000원

ISBN 978-89-5506-576-3   03800

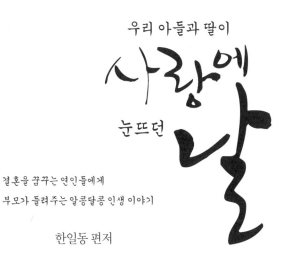

우리 아들과 딸이

사랑에 눈뜨던 날

결혼을 꿈꾸는 연인들에게
부모가 들려주는 알콩달콩 인생 이야기

한일동 편저

도서출판 | 동인

우리는 시가 아름다워서 읽고 쓰는 것이 아니다.
인류의 일원이기 때문에 시를 읽고 쓰는 것이다.
인류는 열정으로 가득 차 있다.
의학, 법학, 경영학, 공학…
이러한 것들은 고귀한 학문이고 살아가는 데 필요하다.
하지만 시, 아름다움, 낭만, 사랑…
이러한 것들이야말로 바로 삶의 목적인 것이다.

We don't read and write poetry because it's cute.
We read and write poetry because we are members of
the human race.
And the human race is filled with passion.
Medicine, law, business, engineering…
these are noble pursuits and necessary to sustain life.
But poetry, beauty, romance, love…
these are what we stay alive for.

N. H. 클라인바움(Kleinbaum),
『죽은 시인의 클럽(*Dead Poets Society*)』 중에서

결혼을 꿈꾸는 젊은 연인들에게

밤하늘에 떠있는 무수한 별들보다 많은 수의 사람들이 오늘도 사랑을 속삭이고 결혼을 꿈꾼다. 인류 역사가 시작된 이래로 수많은 작가, 작곡가, 화가들이 이제껏 사랑을 주제로 다루어 왔지만, 아직도 못다 한 이야기가 그리도 많은지, 이들의 노래는 아직도 계속되고 있다. 그래서인지 영국의 낭만주의 시인 셸리는 사랑이라는 말이 너무나 남용되어 더 이상 신선미가 없다고 했다. 하지만 사랑이라는 말은 남녀노소를 불문하고 여전히 우리의 가슴을 설레게 한다. 생각해보라. 사랑이라는 단어가 없다면 우리의 삶이 얼마나 무미건조하고 삭막할지를.

대학 캠퍼스에서 30여 년을 젊은 학생들과 함께 지내면서, 이들의 가슴 속에는 두 가지 작은 소망이 있다는 것을 알게 되었다. 하나는 좋은 직장을 얻는 것이고, 다른 하나는 좋은 연인을 만나 결혼을 하는 것이다. 하지만 이 두 가지 모두가 쉽지 않은 난제이기에, 좌절하고 방황하는 수많은 젊은이들을 곁에서 지켜보면서, 이들에게 뭔가 작은 팁을 주고 싶은 것이 나의 작은 소망이었다. 하지만 늘 강의 등 바쁜 일상에 쫓긴 나머지 차일피일 마루다가, 하나밖에 없는 아들의 결혼을 계기로 밀린 숙제를 하기로 단단히 마음을 먹었다.

이 책은 결혼을 꿈꾸는 젊은 연인들에게 어버이의 입장에서 들려주는 소소한 인생 이야기들을 연대기 순으로 엮었다. 즉, 사랑, 결혼, 아이들, 인생, 이별 및 죽음 등 인생 사이클에 따라 세계의 명시들을 번역하여 배열하였고, 또한 각각의 시들에 대해 필자의 주관적인 해석 및 인생에 관한 팁들을 추가하였다. 따라서 독자들은 각각의 시인들이 들려주는 메시지뿐만 아니라 필자의 생각도 엿볼 수 있는 이중의 즐거움을 누리게 될 것이다. 하지만 부족한 점이 많아 부끄러울 뿐이다.

먹고 사는 것이 힘들어지면서 우리들의 삶 또한 점점 팍팍해지고 있다. 나는 각박하고 메마른 시대를 살아가는 젊은이들이 주옥 같은 세계의 명시들을 통해 저마다의 아름다운 마음의 정원을 가꾸고, 사랑하는 사람과의 진실한 사랑을 통해 인생을 보다 풍요롭게 살아주었으면 한다. 이 작은 정성이 지치고 버거운 '피로사회'를 살아가는 젊은이들에게 작은 위안이 되고, 그들의 가슴 속에 잔잔한 영적 파문을 일으키는 씨앗이 되길 기대한다.

지난 겨울방학 내내 좋은 시들을 읽고, 고르고, 번역하는 작업에 취해 살다 보니 힘은 들었지만 아주 행복했다. 곁에서 사랑으로 내조해준

아내 혜경이에게 고마운 마음을 전한다. 그리고 결혼 준비로 바쁜 와중에도 많은 위로와 격려를 준 아들 성환이와 며늘아기 선영이에게 축하의 마음을 전한다. 끝으로 교정과 조언의 수고를 아끼지 않은 김정미 선생과 김인옥 제자, 물심양면으로 많은 도움을 주신 동인출판사 이성모 사장님과 정숙형 님께 감사드린다.

2014년 4월
부아산자락 연구실에서
한일동

차례

아픈 만큼 성숙해지고

가슴에서 피어나는 사랑

화사한 봄날 과수원으로 오세요.
꽃과 술과 촛불이 있어요.

당신이 안 오신다면
이런 것들이 다 무슨 소용이겠어요.

당신이 오신다면
이런 것들이 다 무슨 소용이겠어요.

메블라나 잘라루딘 루미, 「화사한 봄날 과수원으로 오세요」

새로운 인생

단테

내가 그대를
처음 만난 날,

추억의 책
첫 페이지에,

'이제부터 새 인생이 시작된다' 라고 적는다.

단테(Dante Alighieri, 1265~1321)
이탈리아 시인으로 『신생(新生, *La Vita Nuova*)』, 장편 서사시 『신곡(神曲, *La Divinia Commedia*)』
등 불후의 명작을 남겼다.

도란도란

사 랑하는 아들과 딸아, 단테(Dante Alighieri)는 그의 명저(名著) 『신생(新生, La Vita Nuova)』에서 평생의 연인(戀人) 베아트리체(Beatrice)를 처음 만난 순간을 "이제부터 새 인생이 시작된다(Here begins a new life.)."라고 쓰고 있다. 이 지구상에 살고 있는 수십억 명의 사람들 중에 우리 아들과 딸이 이렇게 만나 사랑에 눈을 뜨게 된 것은 하느님께서 내려주신 축복이며 선물이다. 이제부터 사랑에 눈뜨던 날의 그 설렘으로 너희만의 아름다운 '러브 스토리(Love Story)'를 써가면서 서로를 사랑하고 세상을 사랑하는 방법을 배우거라. 사랑은 젊음의 특권이 아니라 의무란다.

> 저렇게 많은 별들 중에서 별 하나가 나를 내려다보는 것처럼,
> 이렇게 많은 사람들 중에서 내가 그 별 하나를 쳐다보는 것처럼
> 너와 나는 그렇게 만났다.
> 수천 수백만 사람들을 지나 별 하나가 나를 발견한 것처럼,
> 셀 수 없이 많은 별들을 지나 내가 별 하나를 사랑하게 된 것이다.
> 별 하나 나 하나가 그냥 만난 것이 아닌 것처럼,
> 너 하나 나 하나도 그냥 만난 것이 아닌 것이다.
> 그래서 이렇게 정다운 것이다. 그래서 이렇게 소중한 것이다.
> ─도종환, 『부모와 자녀가 꼭 함께 읽어야 할 시』 중에서

생일

크리스티나 로제티

내 마음은 물오른 가지에 둥지를 튼
노래하는 새입니다.
내 마음은 주렁주렁 달린 사과들로 가지가 늘어진
사과나무입니다.
내 마음은 고요한 바다에서 춤추는
무지갯빛 조가비입니다.
내 마음은 이 모든 것들보다 더 행복합니다. (…)
새 인생이 시작되었으니까요.
내게 사랑이 찾아왔으니까요.

A Birthday

Christina Rossetti

My heart is like a singing bird
Whose nest is in a watered shoot;
My heart is like an apple tree
Whose boughs are bent with thickset fruit;
My heart is like a rainbow shell
That paddles in a halcyon sea;
My heart is gladder than all these···
Because the birthday of my life
Is come, my love is come to me.

크리스티나 로제티(Christina Rossetti, 1830~1894)
영국의 여류 시인. 단테 가브리엘 로제티(Dante Gabriel Rossetti, 1828~1882)의 여동생.
평생을 독신으로 지내면서 종교시와 아름다우면서도 슬픈 연시(戀詩)들을 썼다.

도란도란

우 리는 이 세상에 두 번 태어난다. 한 번은 어버이의 육신(肉身)을 빌어 태어나고, 또 한 번은 사랑을 통해 태어나는 것이지. 너희 가슴에 사랑이 찾아온 날 세상 만물은 아름다운 교향곡(交響曲)을 연주한다. 보아라, 이 세상이 얼마나 아름다운지를. 산에는 꽃피고 새가 울며, 시냇물이 노래하고, 미풍이 속삭인다. 또한 너희 마음의 동산에도 사랑의 풀이 돋고, 이상(理想)의 꽃이 피고, 환희(歡喜)의 새가 울며, 희망의 태양이 떠오른다. 너희가 이 세상에 존재하기에, 그리고 너희에게 사랑이 찾아왔기에 이 세상 모두가 그렇게 눈이 부시도록 아름다운 것이란다. 그러니 세상의 살아있는 모든 것들과 더불어 노래하고 춤추며, 사랑의 페스티벌(festival)을 마음껏 즐기거라.

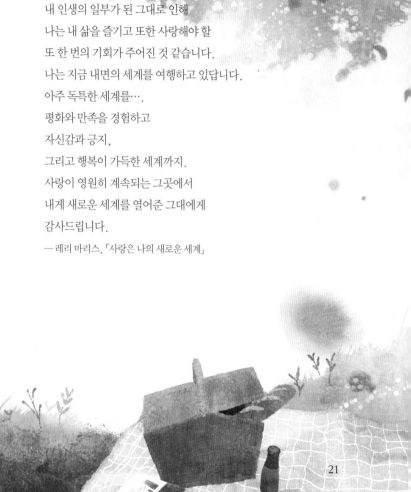

내 인생의 일부가 된 그대로 인해
나는 내 삶을 즐기고 또한 사랑해야 할
또 한 번의 기회가 주어진 것 같습니다.
나는 지금 내면의 세계를 여행하고 있답니다.
아주 독특한 세계를….
평화와 만족을 경험하고
자신감과 긍지,
그리고 행복이 가득한 세계까지.
사랑이 영원히 계속되는 그곳에서
내게 새로운 세계를 열어준 그대에게
감사드립니다.

— 레리 마리스, 「사랑은 나의 새로운 세계」

21

선물

나태주

나에게 이 세상은 하루하루가 선물입니다.
아침에 일어나 만나는 밝은 햇빛이며 새소리,
맑은 바람이 우선 선물입니다.

문득 푸르른 산 하나 마주했다면 그것도 선물이고,
서럽게 서럽게 뱀 꼬리를 흔들며 사라지는
강물을 보았다면 그 또한 선물입니다.

한낮의 햇살 받아 손바닥 뒤집는
잎사귀 넓은 키 큰 나무들도 선물이고,
길 가다 발 밑에 깔린 이름 없어 가여운
풀꽃들 하나하나도 선물입니다.

무엇보다도 먼저 이 지구가 나에게 가장 큰 선물이고
지구에 와서 만난 당신,
당신이 우선적으로 가장 좋으신 선물입니다. (…)

도란도란

하느님께서는 우리들에게 아무런 조건 없이 많은 선물을 보내셨단다. 우선 너희를 예쁜 모습으로 이 세상에 보내주셨고, 또한 너희가 이 세상을 멋지게 살아갈 수 있도록 푸른 지구도 선물하셨지. 그리고 무엇보다 소중한 사랑을 너희에게 선물하셨단다. 너희는 이제야 하늘과 바람과 별이 얼마나 아름다운지를 알게 되었을 것이다. 이처럼 너희는 하느님께서 서로에게 특별히 예비(豫備)해주신 귀한 선물이니, 늘 고맙고 감사하게 생각하며, 서로를 아끼고 사랑하도록 해라. 그리고 너희 서로에게 영원히 잊히지 않는 하나의 소중한 선물이 되어다오.

이 세상에 태어난 것이 얼마나 행복한 일인가! 만약 이 세상에 태어나지 않았다면 눈부신 햇살도 볼 수 없고, 사가사각 눈 밟는 소리도 들을 수 없으며, 사랑이 깃든 아름다운 눈빛도 보지 못했을 것이다.

— 헨리 데이비드 소로우(Henry David Thoreau), 『월든(*Walden*)』 중에서

나태주(충남 서천 태생, 1945~)
시인, 공주문화원장. 1971년 《서울신문》 신춘문예 시 부문 당선. 작품으로는 시집 『세상을 껴안다』 외 33권, 산문집 『사랑은 언제나 서툴다』 외 10여 권이 있다.

나를 사랑하는 당신에게

린다 두푸이 무어

내가 아주 어렸을 때
나는 내 인생에서 아주 특별한 사람을 만나게 되길
꿈꾸었습니다.

그 사람은 내 인생에 나타나
내 전부를 사랑하고
내가 바라는 것이 무엇인지를 알아주고
내가 하는 노력을 더욱 북돋워 주며
나의 꿈을 함께 나눌 사람이었습니다.

나는 자라서
그 사람을 만났습니다.

내가 어렸을 때 꿈꾸었던
꼭 그대로
나를 사랑하는 사람을.

당신을 사랑합니다.

도란도란

밤 하늘의 무수한 별들 중에 별 하나를 바라본다. 지구의 무수한 사람들 중에 내가 지금 그 별을 바라보고 있다. 사람과 사람의 만남도 이처럼 우연과 같은 필연으로 인연을 맺는 거란다. 너희 두 사람은 오랜 시간 먼 길을 돌아왔지만, 결국 그 시간은 모두 서로를 만나기 위한 것이었다. 또한 사람은 몇 번을 죽고 다시 태어나도 진정한 사랑은 단 한 번뿐이라고 한다. 로버트 제임스 월러(Robert James Waller)의 소설 『메디슨 카운티의 다리(The Bridges of Madison County)』에서, 주인공 로버트 킨케이드도 "애매함으로 둘러싸인 이 우주에서, 이렇게 확실한 감정은 일생에 단 한 번 오는 것이오. 몇 번을 다시 살아도, 다시는 오지 않을 것이오."라고 프란체스카에게 고백하고 있지 않더냐.

너희가 오래 전부터 꿈꿔오던 이상형의 '짝'을 서로에게서 발견했다면, 이제부터는 서로를 하늘이 내려준 소중한 선물로 생각하고 진정한 사랑을 키워보렴. 에릭 프롬(Erich Fromm)이 그의 저서 『사랑의 기술 (The Art of Loving)』에서 말한 것처럼, 사람들은 사랑하는 사람을 찾는 것이 어렵지, 사랑하는 일은 쉽다고 생각한단다. 그리고 만나서 서로 달콤한 말과 따뜻한 눈빛 몇 번만 주고받으면 아름다운 사랑이 완성된다고 착각하지. 그러나 진정한 사랑은 사랑하는 사람을 찾는 것에 그치지 않고, 예술가가 각고의 노력으로 예술품을 잉태하듯 서로를 희생해 가면서 키우고 가꾸어야만 한단다. 또한 사랑은 상대방이 한 칸밖에 못 채우면 내가 그 사람을 대신해서 나머지 아흔아홉 칸을 채워주는 것이기도 하지. 그러니 너희 사랑의 나무가 무럭무럭 자랄 수 있도록 사랑의 연금술사 (alchemist)가 되어보렴. 그리고 서로 사랑하는 일이 날줄과 씨줄로 함께 꿈을 엮어 아름다운 한 폭의 비단을 짜는 일이 되길 바란다.

그대를 만나던 날
느낌이 참 좋았습니다.
착한 눈빛, 해맑은 웃음
한 마디, 한 마디의 말에도
따뜻한 배려가 있어
잠시 동안 함께 있었는데
오래 사귄 친구처럼
마음이 편안했습니다.

내가 하는 말들을
웃는 얼굴로 잘 들어주고
어떤 격식이나 체면 차림 없이
있는 그대로를 보여주는
솔직함과 담백함이

참으로 좋았습니다.

그대가 내 마음을 읽어주는 것만 같아
둥지를 잃은 새가
새 둥지를 찾은 것만 같았습니다.
짧은 만남이었지만
기쁘고 즐거웠습니다.

오랜만에 마음을 함께
맞추고 싶은 사람을 만났습니다.

마치 사랑하는 사람에게
장미꽃 한 다발을 받은 것보다
더 행복했습니다.

그대는 함께 있으면 있을수록
더 좋은 사람입니다.

—용혜원, 「함께 있으면 좋은 사람」

그대 안에서 살기를 원합니다

에드워드 오브리니스

그대가 있기에
나는 사랑으로부터 도망치기를 멈추었고
더 이상 내 자신 속에서만 살기를 원치 않으며
그대 안에서 살기를 원합니다.
그대의 말에 화답하고
또한 내 말에 대한 그대의 화답을 통해
나는 성숙해갈 것입니다.
그대를 내 삶속에서 결코 내보내고 싶지 않습니다.
그대를 만난 것이
이제까지 내게 일어난 일 가운데
가장 좋은 일이니까요.

당신을 사랑해요

베티

당신을 사랑해요.
나날의 삶을 아름답게 해주시고
삶의 고된 일을 보람되게 해주시므로.
하루하루가 아무리 고달파도
당신을 떠올리면 미소 짓게 해주시므로.

당신을 사랑해요.
삶의 순간순간을 함께 나누고
당신 곁에서 이야기하고 웃으며
꿈꾸게 해주시므로.

당신을 사랑해요.
내 속마음을 말하게 해주시고
내가 말한 뒤의 느낌을
깊이깊이 생각해 주시므로.

내 자신을 돌이키게 해주시고
내가 정말 어떤 사람인지를
깨닫도록 도와주시므로.
내가 항상 영원하고 참된 이상을 좇도록
힘을 주시므로.

당신을 사랑해요.
사랑의 소망으로 나를 채워주시고
누구도 줄 수 없는
사랑보다 더 큰 사랑을 내게 주시므로.
신께서 정하신 길을 따라
당신의 사랑에 보답할 때
한 인간으로서 내가 지닌 능력들을
모두 일깨워 주시므로.

당신을 사랑해요.
당신이 내게 필요할 때 가까이 와 주시고
혼자 있어야 할 때 물러나시고
내 나날의 빛과 그림자를 함께 나누시므로.
내가 지쳤을 때 위안을 주시고
세상이 너무 힘겨워 보일 때
힘을 주시므로.
당신을 사랑해요.
이 모든 것을 다 주시고도
평생을 함께하겠다고 약속해 주시므로.
당신이 계신 까닭에
나는 당신을 사랑한다는 말의
참뜻을 배웠으므로.

끝없는 내 사랑을 약속드립니다

재클린 듀마스

그대가 믿는 것을 받아들이고
언제나 그대를 이해하며
그대가 나를 필요로 할 때는
언제나 그대 곁에 머물러 있기를 원합니다.

나에 대한 그대 사랑을 신뢰하며
그 사랑이 날마다 더욱 강렬해지도록
기도드리며
우리 둘의 사랑이 세월의 흐름과 함께
더욱 깊어지는 것을 지켜보고자 합니다.

그대의 몸과 마음을 어루만져드릴 것을
약속드립니다.
그대와 함께 앞날의 계획을 세우고
함께 꿈꾸며
내가 그대를 얼마나 사랑하는지를
보여드리고 싶습니다.

그대는 나의 세계가 되었기에
나의 마음이 되었기에
나의 인생이 되었기에
미래는 언제나 우리들의 것입니다.

프랑스의 문호(文豪) 빅토르 위고(Victor-Marie Hugo)가 "인생에서 가장 행복할 때는 누군가로부터 사랑받고 있다는 확신이 들 때(사랑은 확인하는 것이 아니라, 확신하는 것이기에)"라고 말했듯이, 나를 사랑하는 누군가가 이 세상에 존재한다는 것은 삶의 활력이자 힘의 원천이다. 그런데 누군가를 진정으로 사랑한다는 것은 말처럼 그리 쉬운 일이 아니란다. 그러니 사랑을 조금씩 배우고 익혀가면서 인생에서 가장 달콤하고 아름다운 순간들을 놓치지 않기를 바란다.

누군가 소중하고 아끼고픈 사람이 있다면,
그것이 바로 사랑이다.
사랑을 하면 그 사람이 추운지, 더운지, 배가 고프지 않은지,
모든 것이 늘 걱정된다.
사랑을 하면 그에게 필요한 것들이 자꾸 생각난다.
잠시도 잊지 못하고 그저 주고 싶은 마음이 바로 사랑이다.

— 무무(木木), 『사랑을 배우다』 중에서

그대가 있다는 이유만으로

T. 제프란

그대가 이 세상에 있다는 이유만으로
내 눈에 비친 세상은
더 없이 눈부십니다.

그대와 함께
이 세상을 살아가는 나는
살아있다는 것만으로도 행복에 겨워
눈물을 흘립니다.

세상이 무너져 버린다 해도
그대가 있다는 이유만으로
나는 더 없이 행복합니다.

그대는 이 세상에 존재하는
또 다른 나의 세상.
그대의 마음속은
내가 다시 태어나고 싶은 세계입니다.

그대가 존재한다는 것은
내가 세상을 살아가야 하는 이유입니다.
그대와 함께 이 세상을 살아간다는 것은
내가 그대를 영원히 사랑해야 하는 이유입니다.

도란도란

사람들은 저마다 존재해야 할 이유와 살아가야 할 이유를 가지고 세상을 살아간다. 그런데 사랑도 그중의 하나라고 할 수 있겠지. 사랑이 있으면 두 사람이 함께 있는 것만으로도 행복하기 때문이란다. 어쩌면 행복이란 늘 나를 아껴주고, 지켜주고, 생각해 주는 따뜻한 사람과 평생을 함께하는 것이라고도 할 수 있지. 그러니 유치환 시인의 "사랑하는 것은 사랑을 받느니보다 행복하나니라."라는 시 구절처럼, 너희 서로를 아낌없이 사랑하고 진정으로 행복해 보려무나.

행복이 무엇인지 알 수는 없잖아요
당신 없는 행복이란 있을 수 없잖아요
이 생명 다 바쳐서 당신을 사랑하리
이 목숨 다 바쳐서 영원히 사랑하리
이별만은 말아줘요, 내 곁에 있어줘요
당신 없는 행복이란 있을 수 없잖아요

사랑이 중한 것도 이제는 알았어요
당신 없는 사랑이란 있을 수 없잖아요
이 생명 다 바쳐서 당신을 사랑하리
이 목숨 다 바쳐서 영원히 사랑하리

이별만은 말아줘요, 내 곁에 있어줘요
당신 없는 사랑이란 있을 수 없잖아요

—이준례, 「행복이란」

나의 삶

레오폴드 사무엘 막스

나의 삶은
내가 가진 모든 것
하지만 나의 삶은
당신의 것입니다.

나의 삶에서
내가 지닌 사랑은
당신의 것, 당신의 것, 당신의 것입니다.

나는 잠을 잘 것이고
안식을 취할 것입니다.
그러나 죽음은 일시적인 정지일 뿐입니다.

왜냐하면 길고 푸른 풀숲에서 보낼
나의 평화의 세월도
당신의 것, 당신의 것, 당신의 것이 될 것이기 때문입니다.

The Life That I Have

Leopold Samuel Marks

The life that I have
Is all that I have
And the life that I have
Is yours.

The love that I have
Of the life that I have
Is yours and yours and yours.

A sleep I shall have
A rest I shall have
Yet death will be but a pause.

For the peace of my years
In the long green grass
Will be yours and yours and yours.

이 시는 미국 42대 대통령 빌 클린턴(Bill Clinton)의 딸 첼시 클린턴 (Chelsea Clinton)과 마크 메즈빈스키(Marc Mezvinsky)의 결혼식 (2010년 7월 31일)에서 낭송된 시란다.

이 시에서 화자(話者)는 자신이 가진 모든 것을 사랑하는 사람에게 바치면서, 죽어서까지도 사랑하는 사람과 함께 하겠다는 불멸의 사랑을 노래하고 있지. 이와 비슷한 내용으로는 영국 시인 로버트 브라우닝 (Robert Browning)과 함께 연애사에 길이 남을 세기적인 사랑을 나눈, 영국의 여류시인 엘리자베스 브라우닝(Elizabeth Barrett Browning)의 「내가 당신을 얼마나 사랑하느냐고요?(How Do I Love Thee?)」라는 시가 있단다. 너희도 변덕스런 월하(月下)의 연인들처럼 이해 조건에 따라 변하는 세속적인 사랑이 아니라 이들처럼 영혼이 맑은 사랑을 가꾸어 나가길 바란다.

> 내가 당신을 얼마나 사랑하느냐고요? 한번 헤아려보겠어요.
> 비록 보이지는 않더라도 존재의 끝과 그윽한 은총에
> 내 영혼이 닿을 수 있는
> 깊이만큼, 넓이만큼, 높이만큼 당신을 사랑합니다. (…)
> 내 평생의 숨결과 미소와 눈물로 당신을 사랑합니다.
> 그리고 하느님께서 허락하신다면

죽은 뒤에는 당신을 더욱 더 사랑하겠습니다.

— 엘리자베스 브라우닝, 「내가 당신을 얼마나 사랑하느냐고요?」 중에서

레오폴드 사무엘 막스(Leopold Samuel Marks, 1920~2001)
영국의 극작가 겸 시나리오 작가.

사랑하라 오늘이 마지막 날인 것처럼

김옥림

사랑하라.
오늘이 그대 생애의 마지막 날인 것처럼
사랑하고 또 사랑하라.
그대의 그대가 그대를 잊지 못하도록
열정과 기쁨으로
죽도록 사랑하고 사랑하라.

사랑하라.
미치도록 사랑하고 사랑하라.
사랑하라 하늘이 무너져 내려
내일 지구가 흔적 없이 사라져 버린다 해도
뜨거운 가슴으로 빛나는 눈동자로
가장 아름다운 사랑의 말을 속삭이며
그대가 사랑하는 사람을
최선의 사랑으로 사랑하라.

사랑하라.
그대가 살아온 날 중
가장 행복한 마음으로
자신보다 더 사랑하는 사람을 위해
그대의 맑은 혼을 담아
지금 이 순간으로부터 영원으로 이어지도록
목숨 바쳐 사랑하라.

사랑하라.
오늘이 그대의 마지막 날인 것처럼
사랑하고 또 사랑하라.
그대의 사랑이 그대를 아프게 하더라도
그것이 진심이 아니라면
호흡을 늦추고 마음을 가다듬어
그대의 사랑을 용서하고 사랑하라.

사랑하라.

사랑은 후회의 연속이라지만

후회하지 않는 그대의 사랑을 위해

오늘이 가기 전에

오늘이 마지막 날인 것처럼 사랑하라.

김옥림

시인, 아동문학가, 에세이스트. 작품으로는 시집 『오늘 만큼은 못 견디게 사랑하라』, 에세이집 『사랑하라, 오늘이 마지막인 것처럼』 등 60여 권의 저서가 있다.

도란도란

드 디어 내일은 너희가 기다리고 기다리던 결혼식 날이란다. 자, 이제
고단한 하루의 날개를 접고 '짝' 없이 보내는 마지막 잠자리에 들
어 사랑하는 사람에 대해서, 신혼의 단꿈에 대해서, 행복에 대해서, 그리
고 아름다운 미래에 대해서 천 개의 꿈을 꾸어보려무나.

이제 꿈을 꿀 시간이에요.
당신에 대한 천 개의 꿈을.
'함께' 라는 건 정말 놀라운 일이었어요.
그래요. '함께' 라는 건.

당신은 처음부터 날 놀라게 했죠.
그리고 당신은 내게 봄을 가져다주었어요.
당신의 손가락이 내 마음을 연주하여
다시 노래하게 해주었어요.

당신이 허락해주신다면,
그렇게만 해주신다면,
나는 평생토록
수천 번, 수백만 번이라도
당신의 꿈을 꾸겠어요.
— 루이스 얼터, 「당신에 대한 천 개의 꿈」

함께 가는 길

하늘의 맑고 투명한 구름처럼
순수한 사랑을 주는 당신이
세상에 하나뿐인 동반자입니다.

하루를 살아도 당신과 함께라면
성난 파도도 무섭지 아니하며
따뜻한 손을 꼭 잡고서 걸어갑니다. (⋯)

언제나 하늘 같은 당신의 사랑으로
끝없는 저 먼 길도 당신과 영원히
함께이고 싶습니다.

손문자, 「남편에게 바치는 시」 중에서

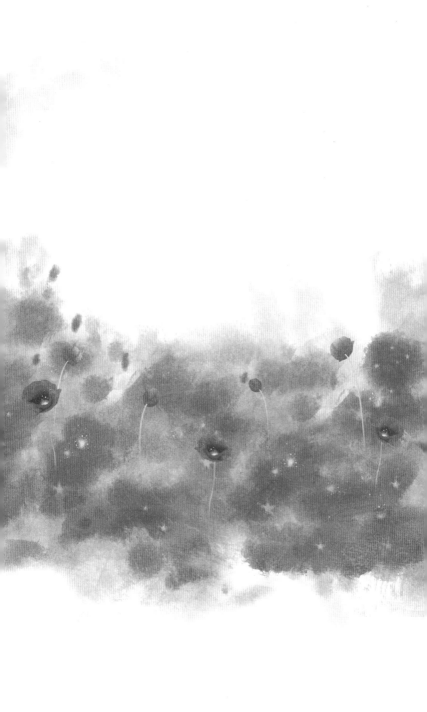

축복의 노래

문정희

사랑의 이름으로 반지 만들고
영혼의 향기로 촛불 밝혔네.

저 멀리 반짝이는 아름다운 별 하나
둘이 함께 바라보며 걸어가리라.

오늘은 새 길을 떠나는 축복의 날
내딛는 발자국마다 햇살이 내리어
그대의 맑은 눈빛 이슬 맺혔네.

둘이서 하나 되어 행복의 문을 열면
비바람인들 어이 눈부시지 않으리.
추위인들 어이 따스하지 않으리.

아 오늘은 아름다운 약속의 날
사랑의 이름으로 축복하리라.

두 사람의 사랑이 결실을 맺는 오늘은 너희 인생에서 가장 기쁘고 행복한 날이란다. 오늘이 있기까지 너희 두 사람은 긴 세월 동안 학문연마, 취업, 배우자를 선택하고 결정하는 과정 등에서 갖가지 어려움과 시련이 있었을 것이다. 그럼에도 불구하고 너희는 이 모든 난관과 장애를 젊음의 지성과 패기로 슬기롭게 극복하고 떳떳하고 당당하게 이 자리에 섰다. 따라서 이 자리는 승리의 자리이자 자축(自祝)의 자리이며, 또한 지인(知人)들로부터 축하와 축복을 듬뿍 받는 감격(感激)과 환희(歡喜)의 자리이기도 하다. 그러니 자, 축배의 잔을 들자구나.

이제 결혼과 더불어 너희의 화려한 연극은 시작되었다(The powerful play goes on.). 부디 이 연극에서 아름다운 한 편의 시가 되어 다오(Be a beautiful verse in this play.). 그리고 결혼식 성전(聖殿)에서 서로에게 반지를 주고받으며 맺은 굳은 언약(言約)처럼, 이 세상을 다하는 그 날까지 너희의 사랑을 굳건히 지켜나가거라.

누군가로부터 사랑받고 있다는 것을 아는 것보다
더 가슴 따뜻하고 감사한 일은 없다.
자기가 누군가를 사랑하고 있다는 것을 아는 것보다
더 행복하고 가슴 벅찬 일은 없다.

사랑 앞에서 인간은 한없이 작아지고 누추해지지만
턱없이 높아지고, 그윽해지고, 깊어지고
향기로워지기도 한다.

사랑이여,
생명의 매직이여,
살아 있는 자의 특권이여,
마음속에 피어서 지지 않는 불꽃이여.
　　―나태주, 「사랑, 거짓말」 중에서

문정희(전남 보성 태생, 1947~)
1969년 「월간문학」을 통해 등단. 작품으로 「꽃숨」, 「찔레」, 「남자를 위하여」, 「오라 거짓 사랑이여」,
「양귀비꽃 머리에 꽂고」, 「나는 문이다」 등 다수의 시집이 있다.

결혼 축시

아파치족 인디언들의 결혼 축시

이제 두 사람은 비를 맞지 않으리라,
서로가 서로에게 지붕이 되어 줄 테니까.
이제 두 사람은 춥지 않으리라,
서로가 서로에게 따뜻함이 되어 줄 테니까.
이제 두 사람은 더 이상 외롭지 않으리라,
서로가 서로에게 동행이 되어 줄 테니까.
이제 두 사람은 두 개의 몸이지만,
두 사람의 앞에는 오직
하나의 인생만이 있으리라.
이제 함께 보낼 날들의 새 출발을 위해
그대들의 집으로 들어가라.
그리고 이 대지 위에서
영원토록 행복하여라.

도란도란

너희는 이제 부모의 둥지를 떠나 너희만의 새로운 가정을 꾸미고 가꾸게 될 것이다. 이 세상에는 먹고 잠자고 생활할 수 있는 수많은 집들이 있지만, 가정다운 가정은 별로 없단다. 서로가 서로를 배려하고, 허물과 잘못이 있더라도 너그러이 용서하고 감싸주며, 힘에 부쳐 넘어질 때 따뜻하게 보듬어주는, 진정한 사랑과 정이 넘쳐날 때만이 가정다운 가정이라고 할 수 있기 때문이지. 앞으로 너희는 이 세상 그 어느 가정보다 더 포근한 둥지를 틀고, 그 둥지로부터 향기로운 삶을 꽃피울 수 있도록 인생의 밑그림을 예쁘게 그려나가거라.

> 우리는 사회라는 커다란 숲에 기생하는
> 작고 힘없는 동물들이다.
> 해가 뜨면 밖으로 나가 먹이를 찾고,
> 해가 지면 둥지(Home)로 되돌아간다.
> 뻔히 천적(天敵)들이 숨어 있다는 것을 알면서도
> 아침이면 둥지를 나서야 한다.
>
> 그리고 어둑어둑한 저녁이 되어서야
> 그 나약한 동물들은 둥지로 되돌아간다.
> 그들은 이곳에서 하루의 고단한 생활을 마감하고

힘들고 지친 심신(心身)을 달래고 위로한다.
둥지 밖으로 새어나오는 불빛이 더없이 따듯하다.
─무무(木木), 『당신에겐 그런 사람이 있나요?』 중에서

사랑

성 바울

사랑은 언제나 오래 참고
사랑은 언제나 온유하며
사랑은 시기하지 않으며
자랑도 교만도 아니 하며
사랑은 무례히 행치 않고
자기의 유익을 구치 않고
사랑은 성내지 아니하며
진리와 함께 기뻐하네.
사랑은 모든 것 감싸주고
바라고 믿고 참아내며
사랑은 영원토록 변함없네.
믿음과 소망과 사랑은
이 세상 끝까지 영원하며
믿음과 소망과 사랑 중에
그중에 제일은 사랑이라.

「고린도 전서」 13장

도란도란

달콤한 연애의 감정이 평생 지속될 수 있다면 참으로 좋겠지만 불행하게도 그렇지 못한 것이 현실이다. 사랑 또한 환상으로 시작되지만 결국 현실이 된다. 결혼은 신기루(蜃氣樓)가 아니라 가족 구성원들이 먹고, 자고, 입고, 쓰는 경제적인 문제들을 함께 해결해야 하는 공동체의 장(場)이기 때문이란다. 또한 부부가 함께 생활하다 보면 연애기간 동안 베일에 싸여있던 허물과 단점들이 속속 들추어지면서 신비감이 사라지기 때문에, 많은 사람들은 결혼을 사랑의 무덤이라고 하기도 하지. 그러므로 사랑에는 『고린도 전서』 13장에 언급된 여러 가지 덕목들이 필요하단다. 나는 그중에서도 특히 '인내(忍耐, tolerance)'와 '책임(責任)'의 덕목을 강조하고 싶구나.

결혼이란 단순히 사랑하는 두 사람만의 결합이 아니라, 두 가문(家門)이, 루터(Martin Luther)가 말한 이른바 '황금의 사슬(Golden Chain)'에 의해 종과 횡으로 엮이는 것이라 할 수 있다. 그러므로 결혼 이후 '나'와 '너'라는 존재는 단지 하나의 개체가 아니라 '인드라의 망(Indra's Net)'처럼 '관계의 망'의 일부가 되는 것이지. 그런데 어찌 이 '관계의 망'을 그렇게도 쉽게 깨부숴서 관계된 사람들을 불행하게 만드는 사람들이 많은지 모르겠다. 오늘날 우리나라에서 네 부부가 결혼하면 최소한 한 부부가 갈라선다니 이 얼마나 무책임하고 하느님께 죄를 짓는 행위냐? 아무리 '인스턴트 시대'라 하더라도 배우자를 이렇게 인스턴트

식으로 쉽게 만나고 쉽게 헤어지는 것은 결코 안 되는 것이라고 생각한다. 성인(成人)의 나이에, 헤겔(Georg Wilhelm Friedrich Hegel)이 강조한 '자유의지(free will)'로 선택한 배우자를 끝까지 책임질 줄 모르는 사람이라면, 과연 그 사람이 이 세상에서 무슨 일을 제대로 해낼 수 있을는지 의문이 든다. 사랑은 참는 것이다. 끝까지 참는 것이다. 그리고 하늘이 갈라놓을 때까지 배우자를 끝까지 책임지는 것이란다.

아무리 향기로운 꽃이라도 계속 그 옆에 있으면
점점 그 향기가 느껴지지 않는다.

그러다 꽃이 시들어버린 후에야 그 향기를
그리워하게 된다.
— 무무(木木), 『사랑을 배우다』 중에서

성 바울(Saint Paul)
예수 그리스도의 12사도(使徒) 중 하나로 신약성서에 있는 여러 서간(書簡)들의 필자.

결혼에 대하여

칼릴 지브란

너희는 함께 태어나 영원히 함께 하리라.

죽음의 천사가 너희를 갈라놓을 때까지.

아, 신의 무언의 기억 속에서까지도 너희는 늘 함께 하리라.

그러나 함께 있으면서도 간격을 둬라.

하늘의 바람이 너희들 사이에서 춤출 수 있도록.

서로 사랑하되 사랑으로 구속하지는 마라.

너희 영혼의 해안 사이에 출렁이는 바다를 놓아두라.

서로의 잔을 채워주되 한쪽의 잔만을 마시지 마라.

서로에게 빵을 주되 한쪽의 빵만을 먹지 마라.

함께 노래하고 춤추며 즐기되 서로를 혼자이게 하라.

현악기의 줄들이 화음을 이루면서도 제각기 혼자이듯이,

서로의 가슴을 주되 서로의 가슴속에 묶어 두지는 마라.

오직 생명의 손길만이 너희 가슴을 품을 수 있다.

함께 서 있으되 너무 가까이 서 있지는 마라.

사원의 기둥들도 서로 떨어져 서 있고,

참나무와 삼나무도 서로의 그늘 속에선 자랄 수 없기에.

칼릴 지브란(Kahlil Gibran, 1883~1931)
레바논계 미국인으로 예술가이며, 시인, 작가, 철학자. 대표작으로는 『예언자(*The Prophet*)』,
『부러진 날개(*The Broken Wings*)』 등이 있다.

도란도란

30여 년을 서로 이질적인 환경에서 자랐을 뿐만 아니라 성격, 학식, 경험, 취향 등이 판이한 두 사람이 한평생을 함께 한다는 것은 결코 쉬운 일이 아니다. 예전 같으면 수명(壽命)이 짧아 기껏해야 부부가 30여 년을 함께 했지만, '수명 100세 시대'로 접어든 요즈음 한 번 결혼하면 길게는 70여 년을 함께 해야 하는데, 이게 어찌 쉬운 일이겠느냐? 더욱이 컴퓨터, 스마트폰 등이 일상화된 디지털시대에 익숙한 젊은이들은 사람들과 관계를 맺고 더불어 사는 '인(人)테크' 능력이 크게 부족해서 더 큰 어려움이 수반될 수 있다. 이런 이유로 해서 혼자 사는 '싱글족'이 크게 늘고 있는 추세인데, 이는 온전한 인간으로 성숙해가는 바람직한 길이 아니라고 생각한다. 사람은 결혼도 해보고, 자식도 낳아 키워보면서 '성장통(成長痛)'을 앓아봐야 다른 사람들을 이해할 수 있는 공감의 폭도 넓어지고, 원만한 인간으로 성장해 갈 수 있는 것이란다.

배우자에게 너무 집착해서 '의처증', '의부증' 환자가 속출하고 있는 요즈음 칼릴 지브란의 이 시는 우리들에게 시사해 주는 바가 크단다. 무릇 사람과 사람 사이의 관계에는 적당한 거리가 필요하고, 또한 늘 그 거리를 유지해야 관계를 오래도록 또 온전하게 유지할 수 있는 거란다. 유교(儒敎)에서 강조하는 '삼강오륜(三綱五倫)'의 덕목(德目)도 따지고 보면 실은 이와 다름이 아니라고 할 수 있겠지.

평행(平行)을 이루며 달리는 기차의 두 레일이 거리가 좁아들거나 넓어지면 기차가 탈선하는 것처럼, 부부관계도 그러하다. 부부 각자가 자신의 정체성(identity)을 잃지 않고 서로 화합과 조화를 도모할 때만이 아름다운 관계로 유지되고 발전할 수 있는 것이란다. 그러니 사랑을 할 때에는 한 지붕을 떠받치고 있지만 간격이 있는 두 기둥처럼 해라. 그리고 서로를 항상 '불' 처럼 대하거라. 너무 가깝지도, 너무 멀지도 않게.

사랑은 손에 쥔 모래와 같다.
꽉 잡으려고 움켜쥐는 순간
손가락 사이로 흘러내리고 만다.
사랑도 역시 그러하다.
서로에게 여유를 주면 오래 머물지만,
너무 강한 소유욕으로 꽉 움켜쥐면
사랑은 어느새 둘 사이를 빠져 나가
영영 돌아오지 않는다.

—카릴 재미슨(Kaleel Jamison)

사랑이 깊어질수록

이정하

사랑이 깊어질수록 대개의 사람들은
소유와 집착에서 비롯되는 의존의
아픔을 느끼기 시작한다.

하지만 그것이 진정한 사랑의 의미는 아닐 터
구속하거나 사로잡는 것이 사랑의
전부는 아니기 때문이다.

진정한 사랑은 어떤 것도 원하지 않으며
모든 애착으로부터도 자유로워지는 것이다.
참으로 신비하게도 사랑은
아무것도 요구하지 않아야 스스로 가득 찰 수 있다.

만일 지금 당신이 진정한 사랑을 하고 있다면
더 이상 바라지도 더 이상 가지려고도 하지 않을 것이다.
오로지 사랑 하나로만 가득 차 있기 때문에.

　　ー『사랑하지 않아야 할 사람을 사랑하고 있다면』 중에서

도란도란

나는 '집착(Attachment)' 이란 단어를 싫어하고, '초연(Detachment)'
이란 단어를 아주 좋아한단다. 물질, 돈, 명예, 권력에 집착하고,
아내에게 집착하고, 남편에게 집착하는 것이 얼마나 옹졸하고 쩨쩨한 일
이냐. 반면에 어떠한 대상으로부터 초연할 수 있다는 것, 즉 어느 정도 거
리를 둘 수 있다는 것은 얼마나 자유롭고 행복한 일이냐. 무릇 남편은 가
슴이 넓어야 하고, 아내는 치마폭이 넓어야 한다. 작은 가슴으로는 아내
를 감싸줄 수 없고, 좁은 치마폭으로는 남편을 포용할 수 없지 않겠니?
이정하 시인의 말대로, 좁은 새장으로는 새를 사랑할 수 없단다. 그러니
찌질이처럼 굴지 말고, 새가 어디를 날아가더라도 네 안에서 날 수 있도
록 너 자신이 점점 더 넓어지도록 해라. 사랑을 깨뜨리지 않고 온전하게
지키기 위해서는 넓은 가슴이 필요하단다. 한번 '통 큰 남편', '통 큰 아
내'가 되어보렴. 그러면 원만한 부부 관계를 유지할 수 있을 것이다.

　　사랑이라는 이름으로 집착한다면
　　그 안에 이기적인 부분이 항상 존재합니다.
　　그 사람을 내가 만든 틀에 끼워 넣어
　　원하는 대로 조종하려 하는 것입니다.

진정한 사랑은 있는 그대로를 아끼는 것입니다.

봄날의 햇살은 있는 그대로의 존재들에

그저 따스한 햇살을 비춰줍니다.

내가 원하는 대로 바꾸려 하지 않습니다.

— 혜민 스님, 『멈추면, 비로소 보이는 것들』 중에서

이정하(대구광역시 태생, 1962~)

1987년 《경남신문》, 《대전일보》 신춘문예 시 부문 당선. 작품으로는 시집 『그대 굳이 사랑하지 않아도 좋다』, 산문집 『사랑하지 않아야 할 사람을 사랑하고 있다면』, 『아직도 기다림이 남아 있는 사람은 행복하다』 등이 있다.

사랑한다는 것으로

서정윤

사랑한다는 것으로
새의 날개를 꺾어
너의 곁에 두려 하지 말고
가슴에 작은 보금자리를 만들어
종일 지친 날개를
쉬고 다시 날아갈
힘을 줄 수 있어야 하리라

서정윤(대구광역시 태생, 1957~)
1984년 『현대문학』을 통해 등단. 작품으로는 시집 『홀로서기』, 『점등인의 별에서』 등과,
수필집 『내가 만난 어린왕자』 등이 있다.

도란도란

결 혼하기 전(前) 신랑 가문과 신부 가문에서 시작된 기(氣)싸움은, 결혼 이후 신랑, 신부 두 사람의 기싸움으로 번지기가 일쑤란다. 소위 가정 내(內) '권력 투쟁(power struggle)'이 시작되는 것이지. 또한 신랑, 신부 주변의 사람들도 '배우자를 처음부터 먼저 잡아야 한다.'고 꼬드겨서 이들의 기싸움에 일조(一助)를 한단다. 그런데 사랑하는 사람을 이기려 하는 것이 얼마나 우습고 가당치 않으냐. 김홍식은 그의 책 『세상 모든 부부는 행복하라』에서, "인류 역사상 유명한 싸움과 전쟁은 모두 잘난 사람들 때문에 비롯되었다."고 쓰고 있는데, 부부도 서로 '너무 잘났음'을 과시하려고 기싸움을 벌이고 있는 것은 아닌지 모르겠다. 그래 사람이 잘나면 얼마나 잘났고, 대단하면 과연 얼마나 대단하단 말이냐. 아내보다 못한 남편이 되어주고, 남편보다 못한 아내가 되어주면 좀 어떠냐. 가정의 평화와 부부의 행복을 위해서는 '지혜로운 찌질이'가 되어줄 수도 있는 것 아니냐. 나는 아름다운 부부 관계란 기싸움으로 배우자의 날개를 꺾어 가두는 것이 아니라 배우자의 숨겨진 '달란트(talentum, talent)'를 찾아 키워주는 것이라고 생각한다. 서로를 이기려 하지 말고, 서로의 다름을 충분히 인정하고 존중해 주면서, 서로의 장점과 재능을 키워갈 수 있도록 서로에게 장작불을 활활 지펴주는 것, 이것이 바로 부부 간의 아름다운 사랑이란다.

또한 서정윤 시인의 시 구절처럼, 험난한 이 세상을 살아가기 위해서는 너희 서로의 가슴에 작은 보금자리를 만들어 지친 상대의 영혼이 휴식을 취하고 다시금 힘과 용기를 찾을 수 있도록 해줘야 한단다. 이 세상을 살아간다는 것은 매일매일 전쟁을 치르는 것, 그런데 속이고 속는 이 아비규환(阿鼻叫喚)의 싸움터에서 믿고 의지할 것은 오직 남편과 아내뿐이란다. 부리에, 발톱에 피가 맺혀도 아무도 보듬어주지 않는다. 세상의 치열한 전쟁터에서, 인생의 야영지에서, 길 없는 길을 헤매며, 거미줄에 두 눈이 가리고, 나뭇가지에 얼굴이 찢겨 피 흘릴 때 위로(慰勞)를 받으며 안식(安息)을 취할 수 있는 사랑하는 사람의 따뜻한 가슴과 포근한 둥지가 있다는 것은 얼마나 가슴 벅차고 뿌듯한 일이냐. 정말이지 사랑하는 사람의 따뜻한 가슴은 그 어떤 것으로도 살 수 없는 것이란다.

사랑의 가치는 돈으로 살 수 있는 것이 아닙니다.
서로의 눈빛을 향한 진실한 마음은
언제나 깊은 사랑 안에서 노래합니다.
진정한 사랑의 자세는 내가 먼저 보여주고
내가 먼저 다가서는 것입니다.
진정한 사랑의 마음은 흉내를 내지 않으며 따라하지 않습니다.
고유한 자기의 은은한 향기를 중요시 합니다.
홀로된 사랑이 아니라 서로 의지하고 마음 나누며

소소한 일상 속에서 진심어린 마음을 전할 때
그 속에서 소리 없이 피어나는 것이 사랑입니다.
애써 윽박지르거나 구속하지 않고
자유로이 서로의 인격을 존중하면서 진심으로 마주할 때
진실한 사랑은 그 빛과 향기를 발하게 됩니다.
서로에게 고운 추억으로 가슴에 아로새겨지게 됩니다.

진정한 사랑은 어려움을 피해가는 것이 아닙니다.
때로는 좌절하고 고통도 뒤따르고 오해도 생기겠지만
한 걸음 양보하고 물러서서 서로의 깊은 마음을 헤아리며
시간을 두고 지켜봐 주는 것,
내 안의 사랑으로만 가둬두지 않고
자유롭게 서로의 삶을 존중해주면서
가까이에서 이끌어주고 용기를 북돋아 주는 것입니다.
— 윤성완, 「사랑에 대한 소고(小考)」

세상에서 가장 먼 길

차동엽

세상엔 많은 길이 있습니다.

인생이란 그 많은 길을 따라 걸으며
저마다의 발자취를 남기는 여정이지요.
그런데 세상의 길 뿐이 아니라
사람과 사람 사이에도 길이 있습니다.
마음의 길입니다.
그 길을 따라 가까워지기도 하고
때로는 멀어져서 다시 못 만나기도 합니다.

김수한 추기경은
인생에 있어서 가장 긴 여행은
머리에서 마음에 이르는 길이라고 했습니다.
머리로 생각한 사랑이 가슴에 이르는 데
칠십 년의 세월이 걸렸다고 한
김수환 추기경의 진솔한 고백.
마음으로 진실하게 사랑하는 일이 얼마나 어려운지

사랑의 마음을 어찌 간직해야 하는지
다시금 나를 돌아보게 합니다.

마음으로 난 길을 따라서
사랑을 실천하며 사는 일.
사람과 사람이 통하는 길.

그대와 내가
함께 걸어가는 이 길이
바로 그 길이었으면 좋겠습니다.

―『김수환 추기경의 친전』 중에서

차동엽(경기도 화성 태생, 1958~)
1991년 사제로 서품. 인천 가톨릭대학교 교수 및 미래사목연구소 소장. 저서로는 『뿌리 깊은 희망』,
『바보존(Zone)』, 『무지개 원리』, 『잊혀진 질문』 등이 있다.

도란도란

부 부가 한평생을 살아가다 보면 서로 싸우는 경우가 참으로 많은데,
특히 신혼 초에는 더욱 그러하단다. 모든 것이 상이한 두 사람이
서로 맞추어 가는 일종의 적응기이기 때문이지. 그래서 이때에는 무엇보
다도 넓고 뜨거운 가슴이 필요하단다. "사랑이 머리에서 가슴으로 내려
오는 데 칠십 년이 걸렸다."는 김수환 추기경님의 말씀은 무엇을 의미하
겠니? 사람을 용서하고 포용하는 '큰 사랑'을 실천하는 것이 그처럼 어렵
고 또한 시간이 걸린다는 의미란다. 배우자에게 꼭 해야 되겠다고 머리로
생각한 말들(가령 잘못했다, 미안하다, 고맙다, 사랑한다 등)을 입으로
담아내는 것이 얼마나 어려운지는 결혼을 해서 살아본 사람들만이 아는
진실이란다. 모두가 그 '알량한 자존심' 때문이기는 하지만 말이다. 한
번 재어 보아라. 머리에서 가슴까지는 채 한 뼘도 되지 않는 거리란다. 그
런데 이 짧은 거리의 소통부재로 인해 수많은 부부들이 괴로운 삶을 살고
있고, 때로는 결혼의 파국(破局)에까지 이르기도 한단다. 그러니 머리로
만 생각하다가 평생을 아쉬움으로 사는 일이 절대로 있어서는 아니 된다.
아무리 어렵다고 생각되는 일이라도 행하지 않으면 점점 더 멀어지고, 실
천하는 순간 점점 가까워진다. 단지 생각으로만 머물고 행하지 않으면 평
생 그 자리에 머물 뿐이란다.

　　사람의 머리는 차가워야 하지만 가슴은 부드럽고 뜨거워야 한다.
가슴이 돌처럼 단단하게 굳어지거나 차가워지면, 그 가슴으로는 배우자

의 허물과 잘못을 포용할 수 없다. 또한 증오심(hatred)은 산(酸, acid)과 같은 것이라서 쏟아 부어지는 대상(對象, object)보다는 담겨있는 용기(容器, container)를 더 해치게 된다. 그러니 사랑하는 사람에게 증오심이나 원한(怨恨, bitterness)을 품지 마라. 김수환 추기경님의 말씀대로, "너희가 살면서 얼마나 많이 용서했는가에 따라, 하느님께서는 너희를 용서하실 것이니까." 다시 말하거니와 비좁은 '새가슴'과 '밴댕이 소갈머리'로는 결코 아름다운 부부관계를 유지해 나갈 수 없단다. 그러니 하늘이 대지(大地, earth)를 품는 것처럼, 드넓은 가슴으로 사랑하는 사람의 모든 허물과 잘못을 감싸고 용서해라. 그러고 나서 사랑하는 사람에게 사과(謝過)의 말을 전해라. '생각이 짧아서 그랬다'고, '속 좁게 굴어서 많이 미안하다'고.

> 만일 나를 고통스럽게 만들고 상처를 준 사람에게
> 미움이나 나쁜 감정을 키워 나간다면,
> 내 자신의 마음의 평화만 깨어질 뿐이다.
> 하지만 내가 그를 용서한다면,
> 내 마음은 그 즉시 평화를 되찾을 것이다.
> 용서해야만 진정으로 행복할 수 있다.
> ― 달라이 라마(Dalai Lama), 『용서』중에서

당신을 용서한다고 말하면서
사실은 용서하지 않은
나 자신을 용서하기
힘든 날이 있습니다.

무어라고 변명조차 할 수 없는
나의 부끄러움을 대신해
오늘은 당신께
고운 꽃을 보내고 싶습니다.

그토록 모진 말로
나를 아프게 한 당신을
미워하는 동안

내 마음의 잿빛 하늘에
평화의 구름 한 점 뜨지 않아
몹시 괴로웠습니다.

이젠 당신보다
나 자신을 위해서라도
당신을 용서하지 않을 수가 없습니다.
나는 참 이기적이지요?

나를 바로 보게 도와준
당신에게 고맙다는 말을
아직은 용기 없이
이렇게 꽃다발로 대신하는
내 마음을 받아주십시오.

― 이해인, 「용서의 꽃」

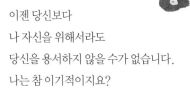

남다른 사랑을

샤퍼

그대여, 우리는 마치 서로의 모든 것을
속속들이 다 알고 있다는 듯 살아가는
부부가 되지 맙시다.
그런 부부는 상대방을
너무나 잘 알고 있다고 생각하기에
할 말이 없고 그저 참고 견디며
그럭저럭 살아가고 있는 듯 보입니다.

자신들도 모르는 사이에 그들은
죽어 있는 삶을 살아가고 있는지도 모릅니다.
그래서 그 무기력함을 감추려고
애써 재미를 찾아 나서고
애써 유쾌함을 가장하지요.

그들도 젊어서는 사랑한다고 여겼고
아니 진정 사랑을 했을 테지요.
그러나 그들은 한 가지 중요한 것을 놓친 것입니다.

사랑도 성장해가는 것이라는 것을.
아주 조심스럽게, 아주 섬세하게
가꾸어 나가야 한다는 것을.
사랑은 세심하게 마음을 쓰지 않으면
지속될 수 없다는 것을.
사랑이 얼마나 나약하고,
상처입기 쉬운 것인지를 몰랐던 것입니다.

그대여, 우리의 사랑은
그저 한 솥 밥을 먹는 관계로 전락해서는 안 됩니다.
그러기 위해 우리는 부단히 그리고 매일매일
사랑을 창조해 나가야 합니다.
그렇지 않으면 우리의 사랑도
마지못해 끌려가는 진부한 생활로 전락해버리고 말테니까요.

샤퍼(Ulrich Shaffer, 1942~)
독일 시인, 사진작가.

도란도란

사랑하는 남자와 여자가 결혼을 하면 "3주 서로 연구하고, 3개월 사랑하고, 3년 싸움하고, 30년을 참고 견딘다."는 말이 있단다. 또한 30대 부부는 마주보고 자고, 40대 부부는 천장을 보고 자고, 50대 부부는 등을 돌리고 자고, 60대 부부는 각방을 쓰고, 70대 부부는 서로 어디서 자는지도 모른다는 우스갯소리도 있고. 그런가 하면 "결혼은 단테의『신곡(神曲)』과 반대"라는 말도 있다. 천국(天國)에서 시작해서 연옥(煉獄)으로 갔다가 지옥(地獄)에서 끝난다는 이야기지. 이 모두는 살아갈수록 식어가는 부부의 애정을 빗댄 말들이란다. 서양 부부의 애정 곡선은 U자를 그린다고 한다. 신혼 때 높았다가 중년에 떨어지고 노년에 다시 올라간다는 것이지. 그런데 우리나라 부부들은 L자 형이 많단다. 줄곧 내리막 끝에 바닥을 치고는 그저 명목상의 부부 관계만 이어간다는 것이지.(《조선일보》(2014. 1. 9.), 오태진의 〈만물상(萬物相)〉 참조.)

어떠냐. 모든 것이 새로운 신혼 초에는 이 말들이 언뜻 이해가 가지 않겠지만, 결혼생활을 지속하다 보면 이 모두에 수긍이 가서 고개가 끄덕여질 것이다. 그런데 오늘날은 수명까지 늘어나서 길게는 70여 년의 부부생활을 유지해야 하니, 새로운 부부관계의 정립(正立)이 필요하지 않겠니. 그러자면 예이츠가 그의 시에서 "아름다워지기 위해서는 노력이 필요하다(We must labour to be beautiful.)."라고 말한 것처럼, 부부생활에도 많은 노력이 필요하단다. 신혼 초기에는 부부가 서로 흐트러진 모습을 보이고 싶지 않아 긴장을 하지만, 하루하루 지나다 보면 자연스레 긴장이 풀리게 되고, 또 거기다가 애까지 생기면 긴장이고 뭐고 신경 쓰지 않게 되는 것이 십상이다. 그런데 그리해서는 아니 된다. 긴장을 풀고 틈이 생기면 언제든지 금이 갈 여지가 있는 것이 부부관계란다. 아름다운 부부관계를 만들어가기 위해서는 다음의 팁들이 도움이 될 것이다.

우선 두 사람 모두가 배우려는 자세로 끊임없이 노력해서 정신적인 성장을 기해야 한다. 배움을 곁에 두지 않아 뒤처지거나 자신의 모습을 늘 새롭게 변모시키지 않으면, 상대로 하여금 한눈을 팔게 하거나 적어도 겉으로는 아니라 하더라도 내심(內心)으로 무시하거나 혹은 무시를 당하는 빌미를 줄 수 있다.

다음으로, 늘 함께할 수 있는 공동의 취미를 길러서 세월이 감에 따라 무미건조(無味乾燥)해지는 결혼생활에 활력(活力)을 불어넣고 윤활유 역할을 할 수 있도록 해야 한다. 사랑도 생물(生物)인지라 매일매일 새로운 모습으로 거듭나서 사랑 본연의 '푸르름'을 유지할 수 없다면 그저 진부(陳腐)한 상태로 전락(轉落)할 수도 있다는 것을 명심해라.

마지막으로, 집 안에서 머물 때조차도 용모(容貌)며 언행(言行) 등에 각별히 신경을 써서 늘 단아(端雅)한 자태를 유지하도록 해라. 그러면 서로에게 늘 '상큼한' 인상을 줌으로써 '볼매(볼수록 매력적인 사람)'로 거듭날 수 있다.

부부

최석우

세상에 이혼을 생각해보지 않은 부부가 어디 있으랴

하루라도 보지 않으면
못 살 것 같던 날들 흘러가고
고민하던 사랑의 고백과 열정 모두 식어가고
일상의 반복되는 습관에 의해 사랑을 말하면서
근사해 보이는 다른 부부들 보면서 때로는 후회하고
때로는 옛사랑을 생각하면서

관습에 충실한 여자가 현모양처고
돈 많이 벌어오는 남자가 능력 있는 남자라고
누가 정해놓았는지
서로 그 틀에 맞춰지지 않는 상대방을 못 마땅해 하고
그런 자신을 괴로워하면서
그러나
다른 사람을 사랑하려면
처음부터 다시 시작하기 귀찮고

번거롭고
어느새 마음도 몸도 늙어 생각처럼 간단하지 않아

헤어지자 작정하고
아이들에게 누구하고 살 거냐고 물어보면
열 번 모두 엄마 아빠랑 같이 살겠다는 아이들 때문에 눈물짓고
비싼 옷 입고 주렁주렁 보석 달고 나타나는 친구
비싼 차와 풍광 좋은 별장 갖고 명함 내미는 친구
까마득한 날 흘러가도
융자받은 돈 갚기 바빠 내 집 마련 멀 것 같고
한숨 푹푹 쉬며 애고 내 팔자야 노래를 불러도
열 감기라도 호되게 앓다보면
빗길에 달려가 약 사오는 사람은
그래도 지겨운 아내, 지겨운 남편인 걸

가난해도 좋으니 저 사람 옆에 살게 해달라고
빌었던 날들이 있었기에

하루를 살고 헤어져도 저 사람의 배필 되게 해달라고
빌었던 날들이 있었기에
시든 꽃 한 송이
굳은 케이크 한 조각에 대한 추억이 있었기에
첫 아이 낳던 날 함께 흘리던 눈물이 있었기에
부모 상(喪) 같이 치르고
무덤 속에서도 같이 눕자고 말하던 날들이 있었기에
헤어짐을 꿈꾸지 않아도
결국 죽음에 의해 헤어질 수밖에 없는 날이 있을 것이기에

어느 햇살 좋은 날
드문드문 돋기 시작한 하얀
머리카락을 바라보다
다가가 살며시 말하고 싶을 것 같아
그래도 나밖에 없노라고
그래도 너밖에 없노라고

도란도란

"**새** 색시가 시집와서 김장 서른 번만 담그면 할머니가 된다."는 말처럼, 결혼해서 애 낳고 키우면서 아둥바둥 살다보면 어느새 중년이 되고 노년이 되는 것이 인생이란다. 중년, 노년에 접어들면 신혼의 단꿈도 아득한 옛일이 되고, 포근했던 둥지의 정겨움도 시들하고, 삶 또한 밋밋하고 덤덤하지. 하지만 긴 세월동안 부부가 이럭저럭 살다보면 미운 정(情) 고운 정이 담뿍 들어 부부가 때로는 동지(同志)가 되기도 하고, 때로는 마지막 하나 남은 옛 친구가 되기도 한단다. 그러니 잘 익은 묵은지처럼, 혹은 손때 오른 한 쌍의 질그릇처럼 오순도순 곱게 해로(偕老)해 보려무나. 곱게 물든 단풍이 봄꽃보다 아름다운 것이란다.

> 부부란 어떤 이름으로도 잴 수 없는
> 백 년이 지나도 남는 암각화처럼
> 그것이 풍화하는 긴 과정과
> 그 곁에 가뭇없이 피고 지는 풀꽃 더미를
> 풍경으로 거느린다.
> —문정희, 「부부」 중에서

최석우(경기도 가평 태생)
2000년 『문학세계』를 통해 등단. 작품으로는 『가슴에 묻지도 못하고』, 『소촉집』 등의 시집이 있다.

애들아, 나와 함께 춤을 추자

모든 아이들은 신을 알고 있다네.
혼내지도 않고,
하지 말라고도 하지 않으며,
섬뜩한 짓도 하지 않고,
"나와 함께 춤을 추자(Come Dance with Me.)."며
네 단어만을 반복하는 신을.

하피즈(Hafiz)

이렇게 세상이 아름다운 것은

오인태

다시 봄이 오고
이렇게 숲이 눈부신 것은
파릇파릇 새잎이 눈뜨기 때문이지
저렇게 언덕이 듬직한 것은
쑥쑥 새싹들이 키 커가기 때문이지

다시 봄이 오고
이렇게 도랑물이 생기를 찾는 것은
갓 깨어난 올챙이 송사리들이
졸래졸래 물속에 놀고 있기 때문이지
저렇듯 농사집 뜨락이 따뜻한 것은
갓 태어난 송아지, 강아지들이
올망졸망 봄볕에 몸 부비고 있기 때문이지

다시 봄이 오고
이렇게 세상이 아름다운 것은
새잎 같은 너희들이 있기 때문이지
새싹 같은 너희들이 있기 때문이지

다시 오월이 찾아오고
이렇게 세상이 사랑스러운 것은
올챙이 같은, 송사리 같은 너희들이 있기 때문이지
송아지 같은, 강아지 같은 너희들이 있기 때문이지

오인태(경남 함양 태생, 1962~)
1991년 문예지 『녹두꽃』을 통해 등단. 작품으로는 『그곳인들 바람 불지 않겠나』, 『혼자 먹는 밥』,
『등 뒤의 사랑』, 『아버지의 집』, 『별을 의심하다』 등의 시집과, 동시집 『돌멩이가 따뜻해졌다』가 있다.

달콤한 신혼생활이 시들해져 권태기에 접어들 때쯤이면 하느님께서는 아마도 너희에게 자녀(子女)를 선물로 보내시어 결혼생활에 생기(生氣)를 불어넣고, 또한 이를 통해 부부의 유대를 더욱 돈독하게 해줄 것이다. 요즈음에는 젊은 부부들이 아이를 갖지 않고 즐기는 것이 트렌드(trend)인 것 같은데, 이는 바람직한 생각이 아닌 것 같구나. 부부는 자녀를 낳아서 키워봐야 부성(父性)이 무엇인지, 또 모성(母性)이 무엇인지를 경험하게 되고, 또 이러한 과정을 거치면서 온전한 성인(成人)으로 성숙해가는 것이란다. 그러니 조물주의 섭리를 거역하지 말고 감사한 마음으로 받아들여 아이들의 천진난만(天眞爛漫)한 웃음소리가 그득한 생기 넘치는 가정을 꾸리도록 해라. 아이들을 낳아 키우려면 지극한 정성과 노력이 수반되지만, 그 보상으로 주어지는 기쁨과 재미 또한 가늠하기 힘들 정도로 크단다. 그리고 먼 훗날 아이들이 반드시 감사의 마음을 전할 것이고, 너희 또한 자랑스러운 모습으로 성장해가는 아이들을 지켜보면서 뿌듯함과 즐거움을 느낄 것이다. 아름다운 봄날 산과 들, 강과 시냇가에 대자연의 합창 소리가 없다면 봄이 얼마나 삭막하겠니. 마찬가지로 아이들이 웃고, 재잘대며, 뛰어노는 소리가 들리지 않는다면 그 집은 사람이 사는 집이 아니라 수도승이 머무는 절간이나 다름이 없단다. 그러니 천국으로부터 아이들을 초대하여 대자연이 향연(饗宴)을 벌이는 새봄의 산야(山野)에서 아이들과 함께 신바람 나게 춤을 추어 보아라.

세상이 아름다운 것은 아이들이 있기 때문이다.
세상이 사랑스럽게 여겨지는 것은 아이들이 있기 때문이다.
새잎이 눈뜨면서 숲이 눈부신 것처럼,
새싹들이 자라면서 언덕이 듬직하게 느껴지는 것처럼,
아이들은 우리에게 그렇게 온다.
다시 오는 봄처럼.

갓 깨어난 올챙이, 송사리들이 놀고 있어서
도랑물이 생기를 찾는 것처럼,
갓 태어난 송아지, 강아지들이 봄볕에 몸 부비고 있어서
농삿집 뜨락이 따뜻한 것처럼,
아이들이 그렇게 놀고, 그렇게 거기 있어서
어른들은 생기를 되찾고 세상은 따뜻해지는 것이다.

—도종환, 『부모와 자녀가 꼭 함께 읽어야 할 시』 중에서

아이들은 신으로부터 받은 선물이다

산드라 톨슨

신께서 너희들에게 특별히 보살펴야 할
세 개의 꾸러미를 보내셨다.
대단히 귀한 것들이니 저 작은 선물들을 잘 돌보아라.

사랑을 다해 이들을 지켜보아라.
너희들의 손길을 느낄 수 있게 하라.
너희들은 이들에게 꼭 필요한 존재이니
부족함이 없도록 잘 살펴라.

선물들이 아주 빨리 자란다는 사실을
얼마 지나지 않아 깨닫게 될 것이다.
그들을 온 마음으로 사랑하라.
그리고 어떤 모습이 되라고 강요하지 마라.

이 선물들이 완전히 성장했을 때
마음의 문을 열고 하늘을 올려다보아라.
그리고 신의 크나큰 사랑으로 인해
그들이 존재함을 다시 한번 되새겨라.

—『아이들은 신으로부터 받은 선물이다』 중에서

도란도란

<big>하</big>느님께서 너희를 선물로 이 세상에 보내신 것처럼, 언젠가 너희에게도 자녀를 선물하실 것이다. 얼마나 고맙고 감사한 일이냐. 이 세상에는 아이를 갖지 않으려 애쓰는 사람들이 있는가 하면, 아이를 갖고 싶어도 갖지 못하는 사람들이 부지기수(不知其數)로 많단다. 그러므로 아이를 가질 수 있다는 것은 하느님의 축복 중에 가장 큰 축복이고, 이 세상에서 받을 수 있는 선물 중에 가장 큰 선물이란다. 또한 부모와 자식 사이의 관계는 끊으려야 끊을 수 없는 인륜(人倫)이자 천륜(天倫)이며, 한번 자식은 끝까지 자식이고, 자식 사랑만큼 이 세상에 영원한 것은 없단다. 그러니 하느님께서 너희를 사랑하듯, 앞으로 너희도 자녀를 그렇게 사랑해라. 왜냐하면 썩은 나무와 부서지는 흙으로는 올바른 집을 지을 수 없듯이, 사랑 없이는 아이들을 올곧게 키울 수가 없기 때문이다.

이 세상에서 가장 깊은 사이는 삶과 죽음을 함께 하는 사이다.
부모와 자식 사이도 그중의 하나다.
자식은 부모에게 생명을 받아 삶을 이어가고
부모는 자식에게 자기 육신(肉身)의 죽음을 맡긴다.
부모와 자식은 이 세상에서 가장 깊은 인연을 맺은 사이다.
— 도종환, 『부모와 자녀가 꼭 함께 읽어야 할 시』 중에서

당신의 아이들

칼릴 지브란

당신의 아이들이라고 해서 당신의 소유물은 아닙니다.
그들은 당신을 거쳐 태어났지만 당신으로부터 온 것이 아닙니다.
당신과 함께 있지만 당신에게 속해 있는 것은 아닙니다.
당신은 아이들에게 사랑을 줄 수는 있지만
생각을 줄 수는 없습니다.
그들은 자신들의 생각을 가지고 있기 때문입니다.
당신은 아이들에게 육체의 집을 줄 수는 있어도
영혼의 집을 줄 수는 없습니다.
그들의 영혼은 내일의 집에 살고 있고
당신은 그 집을 결코 꿈속에서도 찾아가서는 안 되기 때문입니다.
당신이 아이들처럼 되려고 노력하는 것은 좋지만
아이들을 당신처럼 만들려고는 하지 마십시오.
삶이란 뒷걸음쳐 가는 법이 없으며
어제에 머물러 있는 것도 아니기 때문입니다.

도란도란

너도 알다시피 우리나라 부모들의 자식 사랑과 자식 교육은 전 세계에서도 유별나단다. 오죽하면 '캥거루족'(독립할 나이가 되었는데도 부모에게 의존하며 사는 사람들을 일컫는 말), '헬리콥터족'(독립할 나이가 지난 자녀에 대해서도 주변을 따라다니며 모든 일에 간섭하고 책임지려는 부모들을 일컫는 말), '블랙호크족'(영화 《블랙 호크 다운》에 나오는 초고성능 헬리콥터에서 유래하며, 초고성능 정보기기(情報機器)로 무장하고 있다가 자녀에게 조금이라도 이상한 동향이 보이면 곧바로 달려가서 간섭하는 부모들을 일컫는 말), '연어족'(부모로부터 독립했다가, 경기불황 등의 생활고로 인해 다시 부모의 집으로 회귀(回歸)하는 젊은 직장인들을 일컫는 말)들처럼 우리나라에만 유행하는 신조어들이 생겨났겠니. 알은 스스로 깨고 나오면 강한 생명체가 되지만, 남이 깨면 요리감이 되기 십상이란다.

자기가 손수 낳은 자식을 사랑하고 싶지 않은 부모가 이 세상에 어디 있겠느냐마는 사랑도 도가 지나치면 화근(禍根)이 된단다. 옛날에는 부모가 못 배운 나머지 그 한(恨)을 풀고 자, 또는 노후(老後) 준비가 미비해서 먼 훗날 자녀에게 의지하려는 욕망으로 자녀교육에 집착했다고는 하지만, 오늘날에는 부모 세대도 어지간히 배웠고 또 노후에도 자녀에게 의지할 생각이 전혀 없는 사람들이 도대체 왜 그러는지 모르겠다. 어떤 부모는 자녀를 잘 키워서 노후에 덕(德)을 보고자 그런다고 하지만, 낳아서 키우는 재미로 이미 보상을 다 받았는데 뭐 또 기댈 것이 있는지도 의문이다. 칼릴 지브란의 말대로, 자녀는 부모의 소유물이나 전유물이 아니며, 이 세상에 태어나는 순간부터 독립적인 개체이고 주체란다. 따라서 부모는 자녀가 하나의 주체로서 정체성을 확립하여 가급적 이른 나이에 독립할 수 있도록 먼발치에서 도와주고 지켜보는 데 그저 만족해야 한다. 화초(花草)와 수목(樹木)도 지나치게 간섭하면 잘 자랄 수가 없듯이, 자녀 역시 그러하단다. 그리고 사랑에 있어서도 — 이에 관해서는 부부의 경우에도 마찬가지겠지만 — '소유적인 사랑(possessive love)'이 가장 나쁜 것이란다. 헤르만 헤세(Herman Hesse)의 『데미안 (Demian)』에 나오는 데미안의 편지 글귀처럼, 새는 알을 깨고 나와야만 새로운 세계를 볼 수 있고, 드넓은 세상을 향하여 높이 날아오를 수가 있는 것이란다. 부모는 그저 둥지의 역할에만 충실하면 되는 것이다.

당신의 아이들이 정말 잘되길 바란다면
아이들을 향한 지금의 관심과 기대치를 일정 부분 낮추고
낮아진 수치만큼의 관심을 당신의 부모님에게로 돌려라.
그러면 당신의 아이들이 더 잘 자랄 수 있다.
— 혜민 스님, 『멈추면, 비로소 보이는 것들』 중에서

어머니의 기도

캐리 마이어스

아이들을 이해하고
아이들의 말을 끝까지 들어주며
묻는 말에 하나하나 친절하게
대답하도록 도와주옵소서.

면박을 주는 일이 없도록 도와주옵소서.
아이들이 우리를 공손히 대해 주기를
바라는 것과 같이
우리가 잘못을 저질렀다고 느꼈을 때
아이들에게 잘못을 말하고
용서를 빌 수 있는 용기를 주옵소서.

아이들이 저지른 잘못에 대해
비웃거나 창피를 주거나
놀리지 않게 하여 주옵소서.

우리들의 마음속에
비열함을 없애 주시고
아이들에게 잔소리를
하지 않게 하여 주옵소서.

전 혜성 박사는 그녀의 저서 『섬기는 부모가 자녀를 큰 사람으로 키운다』에서, 부모가 자녀를 바르게 키우고 싶으면 "부모가 먼저 스스로 자신을 섬기고, 서로를 섬기고, 자녀를 섬기라."고 가르치고 있다. 지혜로운 부모는 자녀를 다그치지 않으며, 무리한 것들을 강요하지도 않고, 조급해하지도 않는단다. 그저 여유로운 마음가짐으로 말보다는 행동을 우선시하고, 지식보다는 모범을 보임으로써 덕(德)을 가르친다. 그러니 정목 스님의 말씀대로, 강물이 느리게 흐른다고 강물의 등을 떠밀지 말아야 하고, 달팽이가 느리다고 달팽이를 채찍질하지 말아야 하듯이, 자녀를 너무 채근(採根)하지 말고 보다 느긋해지려고 노력해라.

개구쟁이라도 좋구요,
말썽꾸러기래도 좋은데요,
엄마,
제발 '하지마. 하지마.' 하지 마세요.
그럼 웬일인지
자꾸만 더 하고 싶거든요.

꿀밤을 주셔도 좋구요,
엉덩일 두들겨도 좋은데요,

엄마,

제발 '못 살아. 못 살아.' 하지 마세요.

엄마가 못 살면

난 정말 못 살겠거든요.

— 문삼석, 「개구쟁이」

만일 내가 다시 아이를 키운다면

다이아나 루먼스

만일 내가 다시 아이를 키운다면
먼저 아이의 자존심을 세워주고
집은 나중에 세우리라.

아이와 함께 손가락으로 그림을 더 많이 그리고
손가락으로 명령하는 일은 덜 하리라.

아이를 바로 잡으려고 덜 노력하고
아이와 하나 되려고 더 많이 노력하리라.
시계에서 눈을 떼고 눈으로 아이를 더 많이 바라보리라.

만일 내가 다시 아이를 키운다면
더 많이 아는 데 관심을 갖지 않고
더 많이 관심 갖는 법을 배우리라.

자전거도 더 많이 타고 연도 더 많이 날리리라.
들판을 더 많이 뛰어다니고 별들도 더 많이 바라보리라.

더 많이 껴안고 더 적게 다투리라.
도토리 속의 떡갈나무를 더 자주 보리라.

덜 단호하고 더 많이 긍정하리라.
힘을 사랑하는 사람으로 보이지 않고
사랑의 힘을 가진 사람으로 보이리라.

영국의 낭만주의 시인 윌리엄 워즈워스(William Wordsworth)는 "아이는 어른의 아버지(The child is father of the man.)"라고 했다. 아이들의 순수성(innocence)을 때 묻은 성인(成人)들이 보고 배워야 한다는 말이겠지. 그런데 요즈음 아이들은 어린이다운 순수성을 많이 간직하지 못하고 있는 것 같구나. 각종 디지털 기기(器機)의 공해(公害)에 찌들어 생활할 뿐만 아니라 부모들이 뱃속의 아기 때부터 태교(胎敎)니 각종 선행학습(先行學習) 등으로 아이들을 사정없이 몰아붙이면서 뺑뺑이를 돌리고 있으니 말이다. 모름지기 학생은 학생다워야 하고, 어른은 어른다워야 하듯이, 아이는 아이다워야 한다. 어른 같은 아이는 좀 징그럽지 않니. 아이들은 풀내음, 흙냄새를 맡으며 천진난만(天眞爛漫)하게 뛰어놀면서 자라야 한다. 또한 대자연(自然)의 품속에서 호연지기(浩然之氣)를 기르면서, 꿈과 이상, 그리고 상상력을 키워나가야 한다. 좀 더디 가면 어떻고, 좀 부족하면 어때. 달팽이가 늦어도 늦지 않은 것처럼, 아이들 역시 좀 더디 가더라도 전혀 문제될 것이 없다. 대기만성(大器晚成)이란 말도 있지 않느냐. '눈(雪)이 녹으면 무엇이 되느냐?'는 질문에, '물이 된다'고 답을 하는 어린이보다는, '봄이 온다'고 답하는 상상력이 풍부한 어린이가 아마도 먼 훗날 더 큰 인물이 될 것이다. 그러니 아이를 속성으로 어른을 만들려 하지 말고, '아이다움'을 충분히 만끽하면서 자라도록 세심하게 배려하고 보살펴 주어라.

마른 잔디에 새 풀이 나고
나뭇가지에 새 움이 돋는다고
제일 먼저 기뻐 날뛰는 이가 어린이다.

봄이 왔다고 종달새와 함께
노래하는 이도 어린이고
꽃이 피었다고 아비와 함께
춤을 추는 이도 어린이다.

해를 보고 좋아하고
달을 보고 노래하는 이도 어린이요,
눈이 온다고 기뻐 날뛰는 이도 어린이다.

산을 좋아하고 바다를 사랑하고
대자연의 모든 것을 골고루 좋아하고
진정으로 친애하는 이가 어린이요,
태양과 함께 춤추며 사는 이가 어린이다.

그들에게는 모든 것이 기쁨이요,

모든 것이 사랑이요,
또 모든 것이 친한 동무다.

자비와 평등과 박애와 환희와 행복과
이 세상 모든 아름다운 것만
한없이 많이 가지고 사는 이가 어린이다.

— 방정환, 『어린이 예찬』 중에서

아이들을 위한 기도

김시천

당신이 이 세상을 있게 한 것처럼
아이들이 나를 그처럼 있게 해주소서.

불러 있게 하지 마시고
내가 먼저 찾아가 아이들 앞에
겸허히 서게 해주소서.

열을 가르치려는 욕심보다
하나를 바르게 가르치는 소박함을
알게 하소서.

위선으로 아름답기보다는
진실로써 피 흘리길 차라리 바라오며
아이들의 앞에 서는 자 되기보다
아이들의 뒤에 서는 자 되기를
바라나이다.

당신에게 바치는 기도보다도
아이들에게 바치는 사랑이 더 크게 해주시고
소리로 요란하지 않고
마음으로 말하는 법을 깨우쳐주소서.

당신이 비를 내리는 일처럼
꽃밭에 물을 주는 마음을 일러주시고
아이들의 이름을 꽃처럼 가꾸는 기쁨을
남 몰래 키워가는 비밀 하나를
끝내 지키도록 해주소서.

흙먼지로 돌아가는 날까지
그들을 결코 배반하지 않게 해주시고
그리고 마침내 다시 돌아와
그들 곁에 순한 바람으로
머물게 하소서.

저 들판에 나무가 자라는 것처럼
우리 또한 착하고 바르게 살고자 할 뿐입니다.
저 들판에 바람이 그치지 않는 것처럼
우리 또한 우리들의 믿음을 지키고자 할 뿐입니다.

김시천(충북 청주 태생)
『분단시대』와 『몸은 비록 떠나지만』을 통해 등단. 작품으로는 『청풍에 살던 나무』, 『지금, 우리들의
사랑이라는 것이』, 『떠나는 것이 어찌 아름답기만 하랴』, 『마침내 그리운 하늘에 별이 될 때까지』 등
의 시집이 있다.

도란도란

중국 고전 『관자(管子)』에, "곡식을 심으면 일 년 후에 수확을 하고, 나무를 심으면 십 년 후에 결실을 보지만, 사람을 기르면 백 년 후가 든든하다."고 쓰여 있다. 이렇듯 교육의 힘은 크고, 그 영향력 또한 대단해서 교육은 '백년지대계(百年之大計)' 라고 하기도 하지.

흔히 사람들은 이 세상의 농사 중에 '자식 농사' 가 최고라고 하는데, 이 또한 맥(脈)을 같이 하는 말이란다. 자식은 키울 때 힘이 들어서 그렇지 잘만 키워놓으면 그만큼 보람이 크고 든든하다는 이야기다. 지금은 너희가 젊어서 잘 모르겠지만, 먼 훗날 나이가 들어 인생이 시들해지고 가슴이 휑할 때쯤이면, 잘 키워놓은 자식이 너희 곁에 존재한다는 사실 그 자체만으로도 힘이 되고 위안(慰安)이 된단다. 그러므로 자식은 크게 멀리 보고 바르게 키워야 한다.

우리가 살아가고 있는 사회가 점점 더 혼탁(混濁)해지고 있다. 이를 정화(淨化)하기 위해서는 부모의 영혼이 맑아야 하고, 그 맑은 영혼으로 자녀가 맑은 영혼을 견지(堅持)할 수 있도록 키워내야 한다. 너희의 미래, 사회의 미래, 국가의 미래, 인류의 미래가 너희가 낳아서 손수 기르는 자녀들에게 달려있음을 늘 명심해라.

아버지께서 우리 형제와 함께 뒤뜰에서 놀곤 하셨다.

어머니가 나오셔서 말씀하셨다.

"잔디를 못 쓰게 뭉개놓다니."

그러자 아버지께서 말씀하셨다.

"우리는 잔디를 키우는 게 아니라 애들을 키우는 거야."

— 하먼 킬부루(Harmon Killebrew)

늘 푸른 인생

춤추라, 아무도 바라보고 있지 않은 것처럼.
사랑하라, 한 번도 상처받지 않은 것처럼.
노래하라, 아무도 듣고 있지 않은 것처럼.
일하라, 돈이 필요하지 않은 것처럼.
살라, 오늘이 마지막 날인 것처럼.

알프레드 디 수자(Souza)

어느 날의 기도

채희문

아침마다 지구 최초의 날처럼
신선한 출발의 시동을 허락해 주옵소서.

맡은 바 그 날의 일에는
자기 생애의 마지막 날처럼
이 세상 최후의 시간처럼
신명을 다 바쳐 임하게 하옵소서.

먼지의 그림자만한 잘못도 멀리하며
어느 한순간도 소홀함이 없이
최선을 다해 자신을 다스리게 하옵소서.

나라와 남을 위한 사랑도
제 마음 속 가장 겸손한 그릇에
하나 가득 넘치게 하옵소서.

돌아오는 저녁 길엔
지상 최고의 선물을 받은 사람처럼
감사한 마음 간절하게 하옵소서.

그리하여 하루하루가
다시없는 기쁨의 날이게 하옵소서.
영원한 나날로 이어지는
좋고도 좋은 날이게 하옵소서.

채희문(경기 포천 태생, 1938~)
1980년 『월간문학』을 통해 등단. 작품으로는 『추억 만나기』, 『혼자 젖는 시간의 팡세』 등의 시집이 있다.

이 세상에는 중요한 세 가지 '금', 즉 '소금(salt)', '순금(gold)', '지금(now)'이 있는데, 그중에서 제일 중요한 것은 바로 '지금'인 현재(present)란다. 그러기에 '현재'란 하느님께서 내려주신 최고의 '선물(present)'이라고도 하지 않니. 하지만 대부분의 사람들은 이미 지나가 버린 과거에 매달려 살거나, 아직 도래하지도 않은 미래를 가불(假拂)해 쓰면서 소중한 현재를 허투루 보내는 우(遇)를 범하곤 하지. 그런데 어제에 집착하고, 내일을 걱정한다는 것은, 오늘을 제대로 살고 있지 못하다는 증거이며, 또한 오늘을 충실히 살고 있다면, 애써 어제에 연연(戀戀)하고 내일에 불안해 할 이유도 없는 것이다. 그러니 아무리 후회스러워도 과거에 연연하지 마라. 왜냐하면 아무리 후회해도 과거는 돌이킬 수 없고 뒤바꿀 수 없는 것이기에. 지나치게 미래를 걱정하거나 불안해하지 마라. 미래는 불확실하고 아직 도래하지 않은 것이기에. 너희가 온 정성을 다해 지극히 충실하게 살아야 하는 것은 현재이고, 오늘이며, 이 순간뿐이다.

따라서 매일 아침 잠에서 깨어나는 순간 이 세상에 태어난다고 생각하고, 하루를 마감하고 잠자리에 드는 순간 이 세상과 하직(下直)한다고 생각해라. 삶은 순간순간이 새로운 시작이자 아름다운 마무리이어야 한다. 또한 임제선사(臨濟禪師)의 말씀처럼, "서 있는 자리마다 인생의 주인공이 되어야 한다(隨處作主, 수처작주)." 그러자면 현재의 매분 매

초를 돌이킬 수 없는 기적으로 받아들이면서 다이아몬드가 찬란한 빛을 받아 영롱하게 빛나는 것처럼 매 순간을 그렇게 강렬하고 찬란하게 살아야 한다.

"여정(旅程) 또한 목적이다(The journey is also the destination.)." 라는 일본 속담은 인생의 과정이 인생의 목적만큼이나 중요하다는 의미다. 또한 인생은 단지 목적을 향해 줄달음치는 경주가 아니라 한 걸음 한 걸음 즐기고 음미(吟味)하면서 걸어가야 하는 긴 여정이라는 말이기도 하지. 천상병 시인의 시 구절처럼, 우리는 이 세상에 잠시 '소풍'을 나온 것이란다. 그런데 소풍은 즐거워야 하고 또 즐겨야 하는 것 아니니. 그러니 인생을 너무 '살려고'만 하지 말고 될 수 있는 한 '즐기도록' 해라. 인생은 즐기는 것이란다. 카르페 디엠(Carpe Diem, Enjoy the Present. / Seize the Day.)!

인생은 즐기면서 사는 어떤 것이지,
더 나은 것이 되기 위한 고통의 여정이 아니다.
인생은 천국으로 가기 위한 목적으로
서둘러 도착해야 할 행선지가 아니라,
길가에 피어있는 꽃들을 감상하는 것이다.
우리에게 주어진 중요한 문제는

인생 그 자체를 즐기는 것이다.

— 에드워드 드 보노(Edward de Bono)

인생을 이해하려 해서는 안 된다.

인생은 축제와 같은 것.

하루하루를 일어나는 그대로 살아나가라.

바람이 불 때 흩어지는 꽃잎을 줍는 아이들은

그 꽃잎들을 모아둘 생각은 하지 않는다.

꽃잎을 줍는 순간을 즐기고

그 순간에 만족하면 그뿐.

— 라이너 마리아 릴케(Rainer Maria Rilke), 「인생」

부모(父母)

김소월

낙엽이 우수수 떨어질 때,
겨울의 기나긴 밤,
어머님하고 둘이 앉아
옛 이야기 들어라.

나는 어쩌면 생겨 나와
이 이야기 듣는가?
묻지도 말아라, 내일 날에
내가 부모 되어서 알아보랴?

김소월(평안북도 구성 태생, 1902~1934)
1922년 『개벽』을 통해 등단. 작품으로는 『진달래꽃』, 『예전엔 미처 몰랐어요』, 『금잔디』,
『산유화』 등이 있다.

도란도란

자녀가 자라서 결혼을 하면 부모는 부모로서 책임을 다 했다는 흐뭇한 마음이 들기도 하지만, 가슴 한켠에는 서운한 마음이 자리하는 것도 인지상정(人之常情)이다. 아들을 가진 부모는 며느리에게 자식을 빼앗겼다는 생각에 서운하고, 딸을 가진 부모는 30여 년 동안 정성을 다해 키운 딸을 다른 가문(家門)으로 출가(出嫁)시키는 것이 서운한 것이지. 그러니 결혼 초기에는 양가(兩家) 부모님께 가급적 잘 해드리도록 노력해라. 전화도 자주 드리고, 틈이 나면 또한 자주 찾아뵈어 부모님의 허전한 마음을 달래드리면서. 신혼의 단꿈에 취해 부모님의 휑한 마음을 미처 헤아리지 못하는 '못난이 자식'이 되면 안 되잖느냐. 너희가 부모 나이가 되어 부모의 마음을 이해할 때쯤이면, 부모님께서는 더 이상 이 세상 사람이 아닐는지도 모른단다.

요즈음은 너나 할 것 없이 바쁘고, 사는 것이 팍팍해서 시부모 또는 장인장모와 뜻을 함께하여 화목(和睦)한 가정을 이룬다는 것이 참으로 힘들고 어렵단다. 그러기 위해서는 지혜가 필요하고 넓은 가슴이 필요하다. 물론 시부모나 장인장모도 며느리나 사위에게 잘해야겠지만, 혹여 그러지 못하더라도, 사사건건 갈등을 빚거나 다투지 말고, 참고, 이해하고, 포용하도록 노력해라. 머지않아 너희가 애를 낳아 키워보면 부모가 너희를 어떻게 낳아 키웠는지 알게 될 것이다. 그러니 역지사지(易地思之)해서 부모를 공경(恭敬)하고 잘 모시도록 해라. 그러면 가정이 화평

(和平)할 뿐만 아니라, 너희 자녀가 잘되고, 후손이 잘되고, 가문 또한 대
대손손(代代孫孫) 번창할 것이다.

　　수욕정이풍부지(樹欲靜而風不止)
　　자욕양이친부대(子欲養而親不待)

　　나무는 가만히 있고자 하나
　　바람이 그치지 않고,
　　자식은 부모를 모시고자 하나
　　부모는 기다려주지 않는다.
　　— 『한시외전(韓詩外傳)』 중에서

건강

돈을 잃으면 조금 잃은 것이요,
명예를 잃으면 조금 잃은 것이요,
권력을 잃으면 조금 잃은 것이요,
그러나 건강을 잃으면 모두 잃은 것이다.

도란도란

내가 너희에게 가장 힘주어 강조하고 싶은 것은 건강이다. 그러니 늘
건강에 유념(留念)해라. 왜냐하면 잃어버린 돈이나 명예, 또는 권
력은 노력에 의해 되찾을 수 있지만, 한번 잃어버린 건강은 영영 되찾을
수가 없기 때문이다. 또한 건강은 건강할 때 지켜야 한다. 아직 젊다거나
건강하다고 해서 건강에 자칫 소홀했다간 큰 화를 입게 된다. 그리고 건
강을 잃게 됨으로써 비롯되는 화는, 단지 나 하나에 국한되지 않고, 사랑
하는 가족들을 위시하여 주변 사람들까지도 불행하게 만들 수 있다는 사
실을 명심해라.

건강을 잘 지키기 위해서는 '절제(temperance)의 미덕' 이 필요하
다. 음식 또는 술과 커피 등 기호식품을 취할 때에도 과유불급(過猶不及,
도가 지나치면 아니한 것만 못하다는 뜻)이니 적절한 선에서 멈출 줄을
알아야 한다. 또한 매일 양치(養齒)하고 세안(洗顏)하는 것처럼 운동을
생활화해서 하나의 습관으로 만들어라. 그러면 너희가 운동을 단 한 번만
빼먹어도 찌뿌듯해서 계속 운동을 하게 될 것이고, 건강 또한 지켜나갈
수 있게 될 것이다.

요즈음 우리 모두는 지금보다 더 많은 땅, 더 넓은 집, 더 많은 돈,
더 좋은 차를 갖기 위해 경주를 벌이고 있다. 잠시 멈추는 휴식의 즐거움
을 느껴보지도 못하고, 이미 가지고 있는 것을 누려보지도 못한 채, 스스
로 무덤 속으로 뛰어들고 있는 것이지. 많은 사람들이 더 많은 돈을 벌기

위해 건강을 희생시키고 있으며, 또한 잃어버린 건강을 되찾기 위해 번 돈을 다시 쓰고 있단다. 너희는 이처럼 고혈압과 심장마비를 유발시키는 과당 경쟁(rat race)에 참여하는 것을 거부하고, 이미 가진 것에 감사하는 작은 행복을 느낄 줄 알아야 한다.

생활수준의 향상과 의술(醫術)의 발달로 인해 이제 우리나라도 '100세 시대'에 접어들었다. 그런데 건강하게 오래 살아야지, 건강을 잃고 수명(壽命)만 겨우 연명(延命)하며 오래 사는 것이 무슨 의미가 있겠니. 그러니 건강은 건강할 때 지키면서 인생을 늘 푸른 청춘으로 즐기도록 해라.

오늘

토마스 칼라일

여기에 또 다른
희망찬 새날이 밝아온다.
너희는 이 날을
헛되이 흘려보내려 하는가?

우리는 시간을 느끼지만
누구도 그 실체를 본 사람은 없다.
시간은 우리가 자칫
딴 짓을 하는 동안
순식간에 저만치 도망쳐 버린다.

오늘 또 다른
새날이 밝아왔다.

설마 너희는 이 날을
헛되이 흘려보내려 하는 것은 아니겠지?

"**세**월(歲月)은 유수(流水)와 같아서 같은 강물에 두 번 다시 발을 담글 수 없다."는 말은 세월이 빠르다는 것과, 한 번 지나간 세월은 돌이킬 수 없다는 점을 비유적으로 표현한 말이다. 너희도 나이를 먹어가면서 느끼겠지만, 10대는 세월이 시속 10㎞로, 20대는 20㎞로, 30대는 30㎞로, 40대는 40㎞ … 등의 속도로 줄행랑친단다. 또한 그리스의 철학자 히포크라테스(Hippocrates)의 "예술은 길고 인생은 짧다(Art is long, life is short.)."라는 말은, 우리 인생이 촌각(寸刻)에 불과하다는 점을 일깨워주는 말이다. 그러니 촌음(寸陰)을 아껴 써라. 세계사를 빛낸 위인들은 일찍부터 시간의 소중함을 깨닫고 전력투구의 삶을 살았다. 너희 역시 시간의 가치를 깨닫고 전심전력을 다해 인생을 살 때만이 인간으로서의 본분과 사명을 다할 수가 있을 것이다. "우물쭈물하다가 내 이럴 줄 알았다."라는 영국의 극작가 버나드 쇼(George Bernard Shaw)의 묘비명(墓碑銘)처럼 회한(悔恨)의 삶을 살아서는 안 되지 않느냐.

그리고 아무리 야속하더라도 가는 세월을 잡으려 하지 말고, 오는 세월을 막으려 하지도 마라. 그 어떤 위인도 흐르는 세월을 어쩔 수 없으니, 흘러간 과거는 과거로 묻어두고, 다가오는 미래를 흔쾌한 마음으로 맞이해라. 20대는 20대의 멋과 맛이 있고, 40대는 40대의 멋과 맛이 있으며, 60대는 60대의 멋과 맛이 있으니, 나이 먹어가는 것을 한탄하거나 애써 젊어지려 하지 말고, 하느님께서 인생의 매 굽이마다 부여해준 최상의 것들을 음미(吟味)하면서, 단풍처럼 곱게 물들어가도록 해라. 사람이 나이를 먹는다는 것은 포도주처럼 익어가는 것이니까.

오래 저장된 포도주는
갓 저장한 포도주와는 비교할 수 없는
숙성된 맛과 향이 있다.

나이를 먹는다는 것은
그만큼의 이해와 사랑과
또한 포용력을 지니는 것이다.

나이를 먹는다는 것은
늙어가는 것이 아니라
사람다움으로 깊게
익어가는 것이다.

잘 익은 포도주처럼.
— 웬델 필립스, 「나이를 먹는다는 것」

토마스 칼라일(Thomas Carlyle, 1795~1881)
영국의 사상가, 역사가. 독일문학에 심취하여 괴테, 쉴러 등의 작품을 소개하면서 칸트, 피히테, 쇼펜하우어 등의 영향을 받아 『의상(衣裳)철학(Sartor Resartus)』을 집필했다.

돈으로 살 수 없는 것

피터 라이브스

돈으로 사람은 살 수 있으나
사람의 마음은 살 수 없다.

돈으로 호화로운 집은 살 수 있으나
행복한 가정은 살 수 없다.

돈으로 좋은 침대는 살 수 있으나
달콤한 잠은 살 수 없다.

돈으로 시계는 살 수 있으나
흐르는 시간은 살 수 없다.

돈으로 책은 살 수 있으나
삶의 지혜는 살 수 없다.

돈으로 지위는 살 수 있으나
가슴으로부터 우러나오는 존경은 살 수 없다.

돈으로 약은 살 수 있으나
건강은 살 수 없다.

돈으로 피는 살 수 있으나
영원한 생명은 살 수 없다.

돈으로 섹스는 살 수 있으나
진정한 사랑은 살 수 없다.

돈으로 쾌락은 살 수 있으나
마음속 깊은 곳으로부터 샘솟는 기쁨은 살 수 없다.

돈으로 맛있는 음식은 살 수 있으나
미각을 자극하는 식욕은 살 수 없다.

돈으로 화려한 옷은 살 수 있으나
내면으로부터 우러나오는 참된 아름다움은 살 수 없다.

돈으로 사치스런 삶을 살 수는 있으나
전통에 뿌리내린 교양과 문화는 살 수 없다.

돈으로 명품은 살 수 있으나
아늑한 평온은 살 수 없다.

돈으로 미인은 살 수 있으나
마음의 평화는 살 수 없다.

돈으로 성대한 장례식은 치를 수 있지만
행복한 죽음은 살 수 없다.

돈으로 종교는 얻을 수 있으나
영적인 구원은 얻을 수 없다.

돈은 일상생활을 영위하는 데 편리한 수단이다.
하지만 어디까지나 생활의 수단이지
인생의 목적은 결코 아니다.

돈은 인생에서 꼭 필요한 것이다.
하지만 돈만으로는 인생에서 정말로 소중하고
가치 있는 것은 살 수 없다.

인생의 진정한 행복은 물질이 아니라 마음에서 온다.

피터 라이브스(Peter Lives)
미국의 신학자, 작가.

오늘날 우리는 '황금지향적인 사회(money-oriented society)'에 살고 있다. 너나 할 것 없이 모든 사람들이 더 많은 돈을 벌거나 갖기 위해 동분서주(東奔西走)하고 있으며, 돈이 사람의 능력을 재는 척도(尺度)로 작용한다. 물론 자본주의 사회에서 품격(品格) 있는 생활을 꾸려가기 위해서는 어느 정도의 돈은 필요하고 또 있어야 한다. 그러나 돈이 삶의 수단이 아닌 목적으로 변질될 때 인간성은 점차 메말라가고 삶 또한 피폐해진다. 또한 사람은 생각하는 대로 살지 못하면, 사는 대로 생각하게 된다. 그러므로 지혜로운 삶을 영위하기 위해서는, 돈에 관해서도 다른 모든 것에서와 마찬가지로, 나름대로의 철학이 필요하다.

우선 너희는 이 세상에 '빈손으로 왔다가 빈손으로 가는 나그네'의 존재임을 항시 잊지 말아야 한다. 짧은 인생을 살면서 너희가 이 세상에서 누리는 모든 것들은 잠시 빌려서 쓰는 것일 뿐 진정 너희의 것이라 할 수 있는 것은 아무 것도 없단다. 그러니 돈이나 물질에 너무 집착하지 말고, 의미 있고 향내 나는 삶이 과연 어떤 삶인지를 곰곰이 생각하면서 살아가기를 바란다.

다음으로, 돈은 벌 줄도 알아야 하지만 쓸 줄도 알아야 한다. 돈은 모으기 위해 버는 것이 아니라, 쓰기 위해 버는 것이다. 하지만 우리 속담에 '개같이 벌어서 정승처럼 쓰라.'는 말이 있듯, 돈을 벌 때에는 열심히 벌어야 하지만 — 그렇다고 개처럼은 말고 정도(正道)를 걸으면서 — 쓸

때에는 가치 있게, 시쳇말로 '쿨하게(폼나게)' 써야 한다. 너무 쪼잔하거나 인색하면 스타일을 구기게 되거나 칙칙해진다. 그러니 남에게 커피 한잔, 밥 한 끼 얻어먹으려 구차하게 굴지 말고, 가급적 먼저 베풀고, 남이 쓰는 것보다 조금 더 쓰려고 해라. 그러면 마음이 한결 가볍고 편할 뿐 아니라 사람까지도 얻게 된다.

사람은 이 세상에 태어날 때 저마다의 그릇을 가지고 태어난다. 물론 그 그릇이 큰 사람도 있고, 그렇지 못한 사람도 있다. 그런데 그릇이 크든 작든 자기 그릇을 채우는 데 만족해야지, 더 큰 그릇을 넘보거나 채우려 하면 화를 자초(自招)하기 쉽다. 그러니 넘치지도, 부족하지도 않은 '나다운 삶'을 사는 것이 가장 아름다운 삶이란다. 설화(雪花, 눈꽃)가 아름다운 것은 잎이 져버린 빈 가지에서 피어나기 때문이며, 빗물이 고여도 연잎이 찢어지지 않는 것은 감당하지 못할 양의 물은 미련 없이 비워버리기 때문이다.

크게 버리는 사람만이 크게 얻을 수 있다.
하나가 필요할 때는 하나만 가져야지,
둘을 갖게 되면 그 소중함마저도 잃게 된다.
행복의 비결은 필요한 것들을
얼마나 가지고 있는가가 아니라,

불필요한 것에서 얼마나 자유로워질 수 있는가에 있다.
인간의 목표는 풍부하게 소유하는 것이 아니라
풍성하게 존재하는 것이어야 한다.

— 류시화, 「살아 있는 것은 다 행복하라」 중에서

친구

이정하

당신에게는 아무 스스럼없이 대할 수 있는 다정한 사람이
몇 명이나 있습니까?

울고 싶을 때 함께 울어주고, 웃고 싶을 때 함께 웃어줄 친구가
몇 명이나 있는지요?

저녁 퇴근 무렵 문득 올려다본 서편 하늘에서
온 하늘을 벌겋게 물들이며 지는 노을이 갑자기 눈에 확 들어올 때,
눈 내리는 겨울밤 골목길 구석에서 모락모락 김이 나는
     포장마차를 지나칠 때,
뜻하지 않은 영화 초대권이 몇 장 생겼을 때,
서슴없이 전화할 수 있는 친구가 당신에겐 진정 있는지요?

그런 사람이 단 한 명이라도 내 주위에 있다면
우리는 이렇게까지 고독하지는 않을 겁니다.

우리의 삶이 이렇게까지 쓸쓸하지는 않을 겁니다.

오 늘날 우리는 가정의 해체(解體)와 개인주의(個人主義)로 인한 공동
체의식의 결여로 너나 할 것 없이 모두가 고독하고 외롭다. 게다가
21세기에 범람(汎濫)하고 있는 '디지털 문명' 때문에 우리들은 인생여로
에서 타인들과 맺어가는 인(人)테크, 우(友)테크 능력을 점차 상실해 가
고 있는지도 모른다. 사이버 공간과 스마트폰이 대인관계(對人關係)를
대신해준다고 스스로를 위로하며 살아가고 있기 때문이지. 하지만 인간
은 '사회적 동물(social animal)' 이기에, 무감각한 기기(機器)가 아닌 인
간으로부터만 진정한 위로를 받을 수 있다. 또한 삶의 과정에서 타인들로
부터 늘 차이고 당하면서도 어쩔 수 없이 인간에게 의지하면서 살아가야
만 하는 나약한 존재이기도 하지.

세상이 변해서 그런지, 세상살이가 힘들어서 그런지는 몰라도 진실
한 사람을 찾아보기가 참으로 어려운 세상이다. 그 때문인지 '타인과 관
계 맺기'를 아예 거부하고 홀로 사는 '나 홀로 족(Alone 족)' 또는 '코쿤
족(Cocoon 족, 누에고치에서 유래한 말로, 외부 세계로부터 도피하여
자신만의 안전한 공간에 머물려는 칩거증후군의 사람들을 일컫는 용어)'
도 부지기수(不知其數)로 많단다. 우리들 각자가 누군가에게 '사람 냄새
가 나는 사람' 이 되어준다면 우리들의 버거운 삶이 한결 가벼워질 텐데
말이다. 사람이 자기 인생을 잘 살았느냐 못 살았느냐 하는 척도는 의외
로 간단한 데 있다. 살아가면서 내 주변에 '사람다운 사람' 이 과연 얼마

나 있느냐, 혹은 내가 세상을 떠난 뒤에 나를 그리워해 줄 사람이 과연 얼마나 있느냐가 그 척도인 셈이지.

　인디언 말로 '나의 슬픔을 등에 지고 가는 사람'이란 의미의 '친구'는, 내가 죽은 뒤에 '내 뼈를 묻어줄 사람' 혹은 '내 관머리를 잡아줄 사람'으로 불리기도 한다. 친구란 죽을 때까지 내 인생의 동반자란 뜻이지. 그러기에 친구는 세상살이가 터널 속처럼 캄캄하여 앞이 보이지 않을 때 나의 길을 안내해주는 사람이자, 힘에 부쳐 넘어지고 좌절할 때 나를 위로해 주고 격려해 주는 사람이며, 고달프고 힘든 세상살이에서 나를 지탱시켜주는 버팀목이기도 하단다. 또한 친구는 나의 어려움을 반으로 줄여주고 기쁨을 배로 늘려주는 사람이기도 하지. 그러니 마음의 문을 활짝 열고 가급적 많은 '베프(best friend)'를 만들도록 해라. 세상을 살면서 오래된 친구들이 늘 곁에서 너희를 지켜주는 것만큼 든든한 것도 없을 테니까.

　만 리 길 나서는 길
　처자(妻子)를 내맡기며
　맘 놓고 갈 만한 사람
　그 사람을 그대는 가졌는가?

온 세상이 다 나를 버려
마음이 외로울 때에도
'저 마음이야' 하고 믿어지는
그 사람을 그대는 가졌는가?

탔던 배 꺼지는 시간
구명대 서로 사양하며
'너만은 제발 살아다오' 할
그 사람을 그대는 가졌는가? (…)

잊지 못할 이 세상을 놓고 떠나려 할 때
'저 하나 있으니' 하며
빙긋이 웃고 눈을 감을
그 사람을 그대는 가졌는가? (…)

—함석헌, 「그 사람을 가졌는가?」 중에서

배워라

베르톨트 브레히트

배워라
"이제 와서 새삼스럽게"란
말은 하지 말고.
배우기에 너무 늦은 것은 없다
그러니 배워라
모든 것들로부터,
모든 이들로부터.
너희들은 알아야 한다.
너희들은 앞장서야 한다.

베르톨트 브레히트(Bertolt Brecht, 1898~1956)
독일의 극작가, 시인, 연출가.

도란도란

너희는 지식과 정보의 양이 폭주(暴注)하는 '지식정보화 시대'에 살고 있다. 하루가 다르게 늘어나는 지식과 정보의 세계에 그저 따라만 가기에도 숨이 차고 버거운 시대다. 너희가 세상에 태어나서 이제껏 공부하고 취업하느라 애를 많이 썼다는 것은 고맙고 감사한 일이지만, 그렇다고 해서 여기에 만족한다든지 멈춰 서서는 결코 안 된다. 왜냐하면 끊임없이 배우려 하지 않는 사람은 사회에서 뒤쳐질 뿐만 아니라 사회를 향도(嚮導)하는 진정한 지도자가 될 수 없기 때문이다. 그러니 늘 책을 가까이 하고, 남녀노소(男女老少) 누구를 불문하고 언제든지 배우려는 겸손한 자세로 임해야 한다. 세월이 가면서 너희가 진정으로 경계(警戒)해야 할 것은 늙음이나 죽음이 아니라 배움의 단절로 인해 녹이 스는 삶이다. 삶이 녹이 슬게 되면 모든 것이 무료(無聊)하고 모든 것이 허물어진다. 더 나아가서 너희가 애지중지(愛之重之)하는 자녀조차도 바로 키울 수가 없다. 공부하지 않는 부모가 어찌 자녀에게 공부하라고 훈수(訓手)를 둘 수 있단 말이냐. 또한 이 세상에 태어나서 새로운 것을 배우고 익히는 재미를 느끼지 못하는 사람은 인생의 진정한 맛과 멋을 모르는 사람이다. 『논어(論語)』에 나오는 "학이시습지면 / 불역열호아(學而時習之 / 不亦說乎, 배우고 때때로 그것을 익히면 또한 즐겁지 아니한가.)"란 말은 단적으로 이를 증명하는 말이다.

주지하다시피 너희는 수명은 점점 늘어나고 이에 반해 직업 정년

(停年)은 자꾸만 짧아지는 시대에 살고 있고, 또 그런 시대를 살아갈 것이다. '평생직장'이란 말은 옛말이 된 지가 오래라서 너희 시대에는 누구나가 대여섯 번 직장을 옮겨 다녀야 — 이를 신조어로 'Job Hopping'이라고 한다 — 할지도 모른다. 따라서 이러한 사회변화에 유비무환(有備無患)의 자세로 적극 대처하지 못한다면 때늦은 후회가 뒤따를 것이다. 그러니 빨빨거리고 다니면서 열심히 배우도록 해라. 책도 많이 사서 읽고, 틈이 나는 대로 평생교육기관이나 문화센터 등을 찾아다니면서 견문(見聞)을 넓히고 실력도 다지도록 해라. 사람은 얼굴에 지성미(知性美, intellectual beauty)가 넘쳐야 멋이 있지, 공부하지 않으면서 인위적으로 모양만 낸 얼굴은 천박(淺薄)스럽고 보기 흉하단다. 그러니 학구적인 풍모(風貌)가 풍기도록 얼굴이나 가정을 가꾸도록 해라.

지금부터 너희가 헤쳐 나갈 세상은 참으로 넓고 할 일도 많다. 그러니 5대양 6대주를 마음껏 누비면서, 세계와 벗하고 우주와 호흡할 수 있는 '세계를 아우르는 마음(Global Consciousness)'과 '세계적 시야(Global Perspective)'로 미래를 준비토록 해라. 리처드 바크(Richard Bach)가 그의 저서 『갈매기의 꿈(*Jonathan Livingston Seagull*)』에서 말했듯이, "가장 높이 나는 새가 가장 멀리 본단다."

그러므로 우리 모두 분기(奮起)해서 활약하자.

그 어떤 운명과도 맞설 용기를 갖고서.
또한 꾸준히 추구하고 성취하면서
수고하고 기다리는 법을 배우자.

Let us, then, be up and doing,
With a heart for any fate;
Still achieving, still pursuing,
Learn to labor and to wait.
― 롱펠로우(Henry Wadsworth Longfellow),
　「인생 찬가(A Psalm of Life)」 중에서

취하세요

샤를 피에르 보들레르

늘 취해 있어야 해요.
모든 게 거기 있지요.
그것만이 유일한 문제예요.
당신의 두 어깨에서 힘을 빼고
당신을 땅 쪽으로 구부러뜨리는
끔찍한 시간의 무게를 느끼지 않으려면
당신은 계속 취해야 해요.

늘 취해 있어야 해요.
모든 게 거기 있지요.
술에든, 시에든 어쨌든 취하세요.
그리고 취기가 엷어지거나 사라졌을 때 물으세요.
바람에게든, 물결에게든, 별에게든, 새에게든.
지금이 몇 시인지를.

그러면 바람, 물결, 별, 새는
당신에게 이렇게 대답할 거예요.

"이제 취할 시간이에요.

시간에게 학대당하는 노예가 되지 않으려면

취하세요. 계속 취하세요.

술에든, 시에든, 덕성에든, 당신 마음대로요."

샤를 피에르 보들레르(Charles Pierre Baudelaire, 1821~1867)
프랑스의 비평가 겸 시인. 고도의 상상력, 추상적인 관능, 퇴폐적인 고뇌를 용해시켜 '악마주의'로
통용되는 시집 『악의 꽃』을 출판함으로써 프랑스 상징주의 시의 선구자가 되었다.

도란도란

라틴어로 카르페 디엠(Carpe Diem)이라는 말은 '현재를 즐기라 (Enjoy the Present. / Seize the Day.)' 는 말이다. 너희는 지금 '현 재'를 얼마나 충실하게 살고 있는가? 또, 지금 이 순간 일어나고 있는 일 들에 얼마나 몰입하고 있는가? 질문해 보렴. 유감스럽게도 우리들 대부 분은 이런 질문에 쉽게 대답하지 못한단다. 마음이 산만하고 다른 어떤 것에 정신이 팔려 있기 때문이지. 시인 라이너 마리아 릴케(Rainer Maria Rilke)도 "사람들이 불행한 삶을 사는 이유는, 매 순간을 무기력하고 산 만한 태도로 임하기 때문"이라고 했단다.

행복의 중요한 비결은 오늘에 사는 것이다. 어떤 사람들은 과거에 살면서 자신이 무엇이 되었을지도 모르는데 하고 후회를 한다. 우리는 과 거를 돌이킬 수 없으며, 이미 과거가 되어버린 어제를 오늘로 되바꿀 수 있는 타임머신도 없다. 또 어떤 사람들은 현재가 아닌 미래에 살려고 한 다. 고등학교 때는 대학 진학을 위해 살고, 대학에 다닐 때는 취업을 위해 살며, 취업해서는 결혼이나 승진 또는 노후를 위해 살고자 하는 것이지. 하지만 진정한 삶은 미래를 사는 것이 아니라 지금 이 순간을 사는 것이 란다. 매 순간이 쌓여 세월을 이루고, 우리들 각자의 생애를 만드는 것이 니까. 그러니 지금 이 순간에 몰두하라, 집중하라, 미쳐라, 즐겨라, 취하 라. 놀 때에는 노는 데 취하고, 일할 때에는 일에 취하고, 사랑할 때에는 사랑에 취해라. 인생의 진정한 행복은 이다음에 이루어야 할 목표가 아니라, 지금 이 순간에 존재하는 것이다. 최명란 시인이 그의 시 「자명한 연애론」에서, "지금 이 시간이 우리에게 남아 있는 시간 중에 가장 젊은 시간"이라고 말했듯, 너희의 '가장 젊은 시간'은 바로 지금이다. 그러니 지금 너희의 '가장 젊은 시간'을 멋지게 즐겨라. 그것이 바로 시간에 정복당하지 않고 시간을 정복하는 비법이다.

어떤 사람이 불안과 슬픔에 빠져 있다면
그는 이미 지나가 버린 과거의 시간에
아직도 매달려 있는 것이다.

또 누가 미래를 두려워하면서 잠 못 이룬다면
그는 아직 오지도 않은 시간을
가불해서 쓰고 있는 것이다.

과거나 미래 쪽에 한눈을 팔면
현재의 삶이 소멸해 버린다.
보다 직설적으로 표현하면
과거도 없고 미래도 없다.
항상 현재일 뿐이다.

지금 이 자리에서 최선을 다해
최대한으로 살 수 있다면
삶과 죽음의 두려움이 결코 발을 붙일 수가 없다.

저마다 서 있는 자리에서 주인이 되라.
—류시화, 『살아 있는 것은 다 행복하라』 중에서

무엇이 되든 최고가 되라

더글러스 멜록

언덕 위의 소나무가 될 수 없다면
골짜기의 관목이 되어라. 그러나
시냇가의 제일 좋은 관목이 되어라.
나무가 될 수 없다면 덤불이 되어라.

덤불이 될 수 없다면 한 포기 풀이 되어라.
그래서 어떤 고속도로를 더욱 즐겁게 만들어라.
모두가 다 선장(船將)이 될 수는 없고 선원(船員)도 있어야 한다.
누구나 여기서 할 일은 있다.

고속도로가 될 수 없다면 오솔길이 되어라.
태양이 될 수 없다면 별이 되어라.
네가 이기고 지는 것은 크기에 달려 있지 않다.
무엇이 되든 최고가 되어라!

더글러스 멜록(Douglas Malloch, 1877~1938)
미국의 명상 시인, 칼럼니스트. 작품으로는 「생명의 서정시(Lyrics of Life)」 등이 있다.

요즈음은 직업의 종류가 다양할 뿐만 아니라 직업의 귀천(貴賤) 또한 사라진 지 오래다. 시대 변화의 추이에 따라 새로운 직종들이 끊임 없이 생겨나고, 한때 잘 나가던 직종들도 눈 깜짝할 사이에 사라지기 때문에, 이럴 때일수록 미래 사회를 잘 예측해서 직업을 선택하고 준비하는 것이 필요하다. 또한 자기의 소질과 적성을 무시한 채 남들이 한다고 해서 무턱대고 따라갔다가는 실패하거나 때늦은 후회가 뒤따르기 십상이란다.

사람은 자기 인생에서 잠자는 시간을 빼고 나면 대부분의 시간을 직장에서 보내는데, 월급 받자고 하기 싫은 일을 억지로 하면서 직장생활을 한다면, 그것은 실패한 인생이지 성공한 인생이라 할 수가 없다. 또한 직장생활이나 일은 취미활동이나 놀이처럼 즐거운 마음으로 해야지 그렇지 못할 경우 성공을 절대로 담보할 수가 없다. 하지만 타의(他意)가 아닌 자의(自意)에 의해 심사숙고(深思熟考)한 뒤 선택한 직업이라면 다소의 어려움이 따르더라도 최선을 다해야 한다. 왜냐하면 직장이나 자기 분야에서 꼭 필요한 사람이 아닌, 있으나마나한 사람이 된다면, 직장과 사회에 누(累)를 끼치게 될 것이기 때문이다. 그러니 너희 자신과, 너희가 몸담고 있는 직장의 발전을 위해 혼신(渾身)의 노력을 기울여라. 직업이나 업종에 상관없이 자기가 몸담고 있는 분야에서 주인공이나 최고가 되는 것은 아주 멋진 것이다. 왜냐하면 태양만이 위대한 것이 아니라 밤하늘에 반짝이는 별 또한 아름다운 것이니까.

네가 인생에서 어떤 일을 하든 나는 상관하지 않는다.
그러나 네가 무슨 일을 하든 세상에서 최고가 되어라.
비록 도랑 파는 인부가 된다 할지라도,
세상에서 제일가는 도랑 파는 인부가 되어라.

—Joseph P. Kennedy가 자식들에게 들려주던 말

저 높은 곳을 향해서

로버트 브라우닝

위대한 사람이 단번에 그와 같이
높은 곳에 뛰어 오른 것은 아니다.
동료들이 단잠을 잘 때
그는 깨어서 일에 몰두했던 것이다.
인생의 묘미는 자고 쉬는 데 있는 것이 아니라
한 걸음 한 걸음 앞으로 나아가는 데 있다.

무덤에 들어가면 얼마든지 자고 쉴 수 있다.
자고 쉬는 것은 그때 가서 실컷 하도록 하자.
살아 있는 동안은 생명체답게 열심히 활동하자.
잠을 줄이고 한 걸음이라도 더 빨리 더 많이 내딛자.
저 높은 곳을 향해서, 저 위대한 곳을 향해서.

로버트 브라우닝(Robert Browning, 1812~1889)
영국의 시인이자 극작가. 알프레드 테니슨(Alfred Tennyson)과 더불어 빅토리아 왕조 시대를 대표
하는 시인이다. 그의 시는 인간의 강렬한 정열을 힘차게, 그리고 극적으로 노래한 것이 특징이다. 아
내였던 영국의 여류시인 엘리자베스 브라우닝과 나누었던 세기적인 사랑으로 유명하다.

노란도안

아 마도 너희는 살아가면서 '젊은이 같은 노인' 혹은 '노인 같은 젊은
이' 들을 가끔 발견할 것이다. 얼마 전 가까운 일본에서는 100세 할
아버지가 대학에 입학해서 노익장(老益壯)을 과시하는가 하면, 조지 도
슨(George Dawson)은 98세의 나이에 학교에 들어가서 101세 되던 해에
『인생은 아름다워(*Life Is So Good*)』라는 책을 냈으며, 일본의 시바타 도
요 할머니는 99세에 『약해지지 마』란 시집을 내서 지구촌 전역에 파문을
일으켰고, 세계적인 첼로 연주자인 파블로 카잘스(Pablo Casals)는 90세
의 고령(高齡)에도 불구하고 바흐(Bach)를 연주하면서 하루를 시작했다
고 한다. 이들에게는 '꿈(dream)' 과 '열정(enthusiasm)' 이 있었기에 나
이는 단지 숫자에 불과했다.

이와는 대조적으로 젊은 나이에 꿈과 인생의 의미를 상실한 채 독
안에 매달려 간신히 목숨만 부지하는 쿠마(Cumis)의 무녀(巫女)처럼〔T.
S. 엘리엇(Eliot)의 시 「황무지(The Waste Land)」 제사(題詞)에 나오는 인
물〕, 생중사(生中死)의 삶을 사는 '텅 빈 사람들(hollow men)' , '박제된
사람들(stuffed men)' 도 있다.

너희는 이처럼 소명의식, 정체성, 꿈, 열정 등이 전혀 없이 무위도
식(無爲徒食)으로 젊은 시절을 낭비해서는 안 된다. 두 번도 세 번도 아닌
단 한 번뿐인 인생을 이렇게 무의미하게 살아서는 안 된다. 따라서 너희
는 젊은이답게 원대한 꿈을 가슴에 품고 인생의 첫발을 내딛어 주었으면

좋겠다. 그리고 그 꿈을 이루기 위해 '무소의 뿔처럼' 저 높은 곳을 향해 끊임없이 정진(精進)해주기 바란다. 왜냐하면 잠을 자는 사람은 꿈을 꿀 뿐이지만, 노력하는 사람은 꿈을 성취하기 때문이다. 그러니 '야망을 품어라(Be ambitious!)!' '열정을 가져라(Be enthusiastic!)!' 그리고 스티브 잡스(Steve Jobs)의 말처럼, '늘 갈망하고, 곰같이 우직해라(Stay hungry, and stay foolish!)!' 청춘은 무엇이든 가능한 시기이고, 인생은 아름다운 것이니까.

세상의 드넓은 전쟁터에서,

인생의 야영지에서,

말 못하며 쫓기는 짐승 떼가 되지 말고,

투쟁에서 영웅이 되어라!

In the world's broad field of battle,

In the bivouac of life,

Be not like dumb, driven cattle!

Be a hero in the strife!

— 롱펠로우(Henry Wadsworth Longfellow),

　　「인생 찬가(A Psalm of Life)」 중에서

아픈 만큼 성숙해지고

장미같이 아름다운 꽃에
가시가 있다고 생각하지 말고,
가시 많은 나무에
장미같이 아름다운 꽃이 피었다고 생각하라.

정호승, 『내 인생에 용기가 되어준 한마디』 중에서

실패할 수 있는 용기

유안진

눈부신 아침은
하루에 두 번 오지 않습니다.
찬란한 그대 젊음도
일생에 두 번 다시 오지 않습니다.

어질머리 사랑도
높푸른 꿈과 이상도
몸부림친 고뇌와 보석과 같은 눈물의 가슴앓이로
무수히 불 밝힌 밤을 거쳐서야 빛이 납니다.

젊음은 용기입니다.
실패를 겁내지 않는
실패도 할 수 있는 용기도
오롯 그대 젊음의 것입니다.

유안진(경북 안동 태생, 1942~)
서울대 교수. 1965년 『현대문학』을 통해 등단. 작품으로 『봄비 한 주머니』, 『거짓말로 참말하기』,
『알고』 등의 시집과, 『지란지교를 꿈꾸며』, 『종이배』, 『바람편지』 등의 수필집이 있다.

노란들이

토 마스 에디슨(Thomas Edison)은 '발명왕'이라는 타이틀을 얻기까
지 수많은 실패를 경험했는데, 어느 날 누군가가 그의 실패 경력에
대해 언급하자, "나는 실패한 것이 아닙니다. 단지 만 가지 쓸모없는 방
법을 찾아냈을 뿐입니다(I have not failed. I've just found 10,000 ways
that don't work.)."라고 했단다. 만약 에디슨이 여러 번의 실패를 두려워
했다면 전구(電球)는 한참 뒤에야 발견됐을 것이고, 라이트 형제(Wright
brothers)가 추락이 두려워 시험비행을 포기했다면 비행기 여행도 훨씬
이후에야 가능했을 것이며, 또 산악인 엄홍길 대장이 실패를 두려워했다
면 그의 히말라야(Himalaya) 정복도 불가능했을 것이다. 하지만 어찌 이
들뿐이겠느냐. 역사상 족적(足跡)을 남긴 수많은 이들은 그들의 거듭된
실패에도 불구하고 끈질긴 도전과 집념으로 마침내 성공의 꽃망울을 피
워냈다. 그러니 실패나 추락을 두려워하지 마라. 추락하는 모든 것에는
날개가 있고, 바닥은 생각만큼 깊지 않단다.

　　애들아, 지금 너희가 누리고 있는 '청춘의 시기'는 무엇이든 가능
한 시기이고, 또한 실패를 두려워하지 않아도 되는 시기란다. 그러니 두
려워 말고 무엇이든 도전해 보렴. 젊은이가 저지를 수 있는 가장 치명적
인 실수는 실패할까 봐 시도조차 하지 않는 것이다. 또한 죽을 때 가장 후
회하는 것도 젊었을 때 저지른 실패가 아니라 시도조차 해보지 않은 것들
이다. 그러니 나중에 후회하지 않도록 인생이라는 화폭에 다양한 그림을

155

그리는 '경험주의자'가 되어보렴. 실패도 없고 방황도 없는 청춘은 더 이상 청춘이 아니란다.

청춘이란 인생의 어느 한 시기가 아니라
마음의 상태를 뜻한다.
청춘이란 장밋빛 볼, 붉은 입술, 유연한 무릎이 아니라
강인한 의지, 풍부한 상상력, 활기찬 감정,
그리고 인생의 깊은 샘으로부터 솟아나는 신선함을 뜻한다.

청춘이란 두려움을 물리치는 용기,
안이함을 뿌리치는 모험심을 의미하니
때로는 스무 살 청년보다 구십 살 노인이 더 청춘일 수 있다.
누구나 세월만으로는 늙어가지 않고
이상(理想)을 잃게 될 때 비로소 늙어간다.

세월은 피부를 주름지게 하지만
열정을 잃는 것은 영혼을 주름지게 한다.
또한 근심, 두려움, 자신감을 잃는 것은
우리의 기백(氣魄)을 죽이고 마음을 시들게 한다. (…)
— 사무엘 울만(Samuel Ullman), 「청춘」 중에서

사는 것의 어려움

법정

이 세상을 고해(苦海)라고 한다.
고통의 바다라고, 사바세계(娑婆世界)가 바로 그 뜻이다.
이 고해의 세상, 사바세계를 살아가면서
모든 일이 순조롭게 풀리기만 바랄 수는 없다.
어려운 일이 생기기 마련이다.

어떤 집안을 들여다봐도 밝은 면이 있고, 어두운 면이 있다.
삶에 곤란이 없으면 자만심이 넘친다.
잘난 체하고 남의 어려운 사정을 모르게 된다.
마음이 사치해지는 것이다.

그래서 보왕삼매론(寶王三昧論)은
'세상살이에 곤란이 없기를 바라지 말라' 고 일깨우고 있다.
또한 '근심과 곤란으로써 세상을 살아가라' 고 말한다.

자신의 근심과 걱정을 밖에서 오는 귀찮은 것으로
판단하지 말아야 한다.

그것을 삶의 과정으로 여겨야 한다.
숙제로 생각해야 한다.
자신에게 어떤 걱정과 근심거리가 있다면 회피해서는 안 된다.
그걸 딛고 일어서야 한다.

어떤 의미가 있는가.
왜 이런 불행이 닥치는가.
이것을 안으로 살피고 딛고 일어서야 한다.

저마다 이 세상에 자기의 짐을 지고 나온다.
그 짐마다 무게가 다르다.
누구든지 이 세상에 나온 사람은
남들이 넘겨볼 수 없는 짐을 지고 있다.
그것이 바로 인생이다.

세상살이에 어려움이 있다고 달아나서는 안 된다.
그 어려움을 통해 그걸 딛고 일어서라는,
새로운 창의력, 의지력을 키우라는,
우주의 소식으로 받아들여야 한다.

법정 스님(속명 박재철, 전남 해남 태생, 1932~2010)
1956년 통영 미래사(彌來寺)에서 효봉(曉峰)을 은사로 출가. 작품으로는 『무소유』, 『버리고 떠나기』,
『물소리 바람소리』 등의 수필집이 있다.

바닷가에서 바다를 바라보고 있노라면 끊임없이 파도가 밀려온다. 우리 인생도 매한가지란다. 도도하게 밀려오는 파도처럼 고통과 시련이 끊임없이 우리들에게 들이닥치곤 하지. 그러기에 '인생은 비극의 여정이요, 고통의 바다'라고들 하지 않니. 좋은 일보다는 괴로운 일들이, 기쁜 날보다는 슬픈 날들이 더 많은 것이 우리의 인생이란다. 하느님께서는 하필이면 왜 그의 최상의 피조물들에게 그토록 과한 시련을 감내케 하는지 모르겠다. 아마 이 세상의 모든 것들은 가치가 있어서, 귀중한 그 어떤 것을 얻기 위해서는 반드시 고통의 대가(代價)가 필요한지도 모른다. 또한 고통을 통해 인생의 진정한 의미를 깨닫게 하기 위한 하느님의 깊은 뜻인지도 모른다. 그러기에 우리는 우리에게 엄습(掩襲)해오는 고통과 슬픔까지도 담담한 마음으로 송두리째 받아들이면서 인생이라는 '최후의 논문'을 진지하게 써나가야 한다.

이 시는 우리가 삶의 과정에서 감내(堪耐)해야만 하는 고통과 슬픔까지도 그 나름대로 인생의 한 부분이므로, 이를 통해 성숙한 인간으로 거듭나라는 가르침을 주고 있단다. 술잔 밑에 깔려있는 찌꺼기까지 비워 보지 못하고, 잔 위에 떠있는 거품만을 홀짝이는 사람은 인생을 인생답게 사는 것이 아니란 말이지(Those who do not drain the cup to the dregs and sip only the bubbles on top can not touch life at every point.). 인생을 제대로 음미하기 위해서는 테니슨(Alfred Lord Tennyson)의 시 구절처럼, "인생의 술잔을 마지막 한 방울까지 마셔보아야 한단다(Drink life to the lees.)."

젖지 않고 피는 꽃이 어디 있으랴
이 세상 그 어떤 빛나는 꽃들도
다 젖으며 젖으며 피었나니
바람과 비에 젖으며 꽃잎 따뜻하게 피웠나니
젖지 않고 가는 삶이 어디 있으랴
— 도종환, 「흔들리며 피는 꽃」 중에서

삶을 하나의 무늬로 바라보라
행복과 고통은
다른 세세한 사건들과 뒤섞여
정교한 무늬를 이루고
시련도 그 무늬를 더해주는 색깔이 된다.
— 영화 《아메리칸 퀼트》 중에서

이것 또한 지나가리라

랜터 윌슨 스미스

큰 슬픔이 거센 강물처럼
네 삶에 밀려와
마음의 평화를 산산조각 내고
가장 소중한 것들을 네 눈에서 영원히 앗아갈 때면
네 가슴에 대고 말하라.

"이것 또한 지나가리라."

끝없이 힘든 일들이
네 감사의 노래를 멈추게 하고
기도하기에도 너무 지칠 때면
이 진실의 말로 하여금
네 마음에서 슬픔을 사라지게 하고
힘겨운 하루의 무거운 짐을 벗어나게 하라.

"이것 또한 지나가리라."

행운이 너에게 미소 짓고
하루하루가 환희와 기쁨으로 가득 차
근심 걱정 없는 날들이 스쳐갈 때면
세속의 기쁨에 젖어 안식하지 않도록
이 말을 깊이 생각하고 가슴에 품어라.

"이것 또한 지나가리라."

너의 진실한 노력이 명예와 영광
그리고 지상의 모든 귀한 것들을
네게 가져와 웃음을 선사할 때면
인생에서 가장 오래 지속될 일도, 가장 웅대한 일도
지상에서 잠깐 스쳐가는 한순간에 불과함을 기억하라.

"이것 또한 지나가리라."

어느 날 다윗(David) 왕이 궁중의 세공인을 불러 말했단다. "나를 위해 아름다운 반지를 하나 만들라. 반지에는 이런 내용의 글귀가 새겨져 있어야 하느니라. 내가 큰 승리를 거두어 기쁨을 억제치 못하고 교만해지려고 할 때 그것을 다스릴 수 있는 글귀여야 하고, 또한 내가 큰 절망에 빠져 낙심하게 될 때 용기와 희망을 줄 수 있는 글귀여야 하느니라."
이에 세공인은 명령대로 아름다운 반지를 만들었지만 글귀 때문에 고민에 빠지고 말았단다. 며칠을 고민하던 세공인은 마침내 지혜롭기로 소문난 다윗의 아들 솔로몬(Solomon) 왕자를 찾아가서 써넣어야 할 글귀에 대해 도움을 청했지. 그때 솔로몬 왕자는 이런 글귀를 적어주었다고 한다.

Soon it shall also come to pass.
(이것 또한 곧 지나가리라.)

나는 이 말처럼 우리들에게 힘과 용기를 주고, 또 다른 한편으로는 '겸손(humility)'의 미덕을 가르쳐주는 교훈은 없다고 생각한다. 그러니 인생을 살면서 성공으로 인해 교만해지려고 할 때나, 고통으로 인해 좌절할 때 꼭 이 말(이것 또한 곧 지나가리라.)을 명심하렴. 하느님께서는 우리들에게 견디지 못할 시련은 주시지 않으신단다.

개울가에 앉아 무심히 귀 기울이고 있으면
물만이 아니라
모든 것이 멈추어 있지 않고 지나간다는 사실을
새삼스럽게 깨닫는다.

좋은 일이든 궂은 일이든
우리가 겪는 것은 모두가 한때일 뿐,
죽지 않고 살아 있는 것은
세월도 그렇고 인심도 그렇고
세상만사가 다 흘러가며 변한다.

인간사도 전 생애의 과정을 보면
기쁨과 노여움, 슬픔과 즐거움이 지나가는
한때의 감정이다.
이 세상에서 고정불변한 채
영원히 지속되는 것은 아무것도 없기 때문이다.

세상일이란 내 자신이 지금 당장 겪고 있을 때에는
견디기 어려울 만큼 고통스런 일도

지내 놓고 보면 그때 그곳에
그 나름의 이유와 의미가 있었음을 알아차리게 된다.

이 세상일에는 원인 없는 결과가 없듯
그 누구도 아닌 우리들 자신이 파놓은 함정에
우리 스스로 빠지게 되는 것이다.

오늘 우리가 겪는 온갖 고통과
그 고통을 이겨내기 위한 의지적인 노력은
다른 한편 이 다음에 새로운 열매가 될 것이다.

이 어려움을 어떤 방법으로 극복하는가에 따라
미래의 우리 모습이 결정된다.

—법정 스님의 글 중에서

인생

샬럿 브론테

인생은 사람들 말처럼
어둡기만 한 것은 아니랍니다.
아침에 내린 비는
화창한 오후를 선물하지요.

때론 어두운 구름이 끼지만
모두 금방 지나간답니다.
소나기가 와서 장미가 핀다면
소나기 내리는 것을 슬퍼할 이유가 없지요.
인생의 즐거운 순간은 그리 길지 않습니다.
고마운 맘으로 그 시간을 즐기세요.

가끔 죽음이 끼어들어
제일 좋은 이를 데려간다 한들 어때요.
슬픔이 승리하여
희망을 짓누르는 것 같으면 또 어때요.

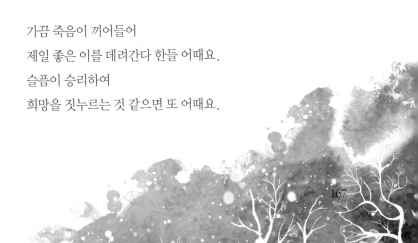

희망은 금빛 날개를 가지고 있답니다.

그 금빛 날개는 어느 순간에도

우리가 잘 버티도록 도와주지요.

씩씩하게, 그리고 두려움 없이.

힘든 날들을 견뎌내세요.

영광스럽게, 그리고 늠름하게.

용기는 절망을 이겨낼 수 있답니다.

샬럿 브론테(Charlotte Bronte, 1816~1855)
영국의 여류소설가. 대표작으로는 『제인 에어(Jane Eyre)』가 있다.

도란도란

눈 보라가 휘몰아치는 계곡에서 조난당했다가 구조된 산악인, 끔찍한 병마(病魔)와 싸워 이겨낸 사람, 그리고 생사(生死)를 넘나드는 전투 현장으로부터 기적적으로 살아 돌아온 군인에게서 우리는 종종 이런 말을 듣는단다.

"나는 한순간도 희망(希望)을 저버린 적이 없다."

희망은 작고 가느다란 실처럼 연약해 보일지 몰라도 믿을 수 없을 정도의 효력을 발하여 우리가 어려움에 처했을 때 늘 밝은 곳으로 인도해 준다. 희망은 일광(日光)과 같고 절망은 암흑(暗黑)과 같다. "태양이 비치면 먼지도 빛난다."고 독일의 문호(文豪) 괴테(Johann Wolfgang von Goethe)는 말했다. 먼지는 하찮은 존재이지만 햇빛을 받으면 찬란하게 빛난다. 희망을 품을 때 우리의 얼굴은 환해지고, 눈에는 광채가 돌며, 걸음걸이는 경쾌해지고, 태도는 자신감이 넘친단다.

헤밍웨이(Ernest Miller Hemingway)는 "희망을 버리는 것은 죄악이다."라고 했으며, 나폴레옹(Napoleon)은 "내 비장의 무기는 아직 손 안에 있다. 그것은 바로 희망이다."라고 했고, 영국의 낭만주의 시인 셸리(Percy Bysshe Shelley)는 그의 시 「서풍에 부쳐(Ode to the West Wind)」에서, "겨울이 오면 봄이 어이 멀겠는가(If Winter comes, can

Spring be far behind?)"라고 했다. 희망을 품고 사는 사람은 한겨울에도 봄을 기다리며, 불가능한 상황에 봉착했을 때에도 희망의 끈을 놓지 않는다. 그러나 절망하는 사람은 포기하고, 슬퍼하며, 모든 것을 저주한다. 그에게 세상은 온통 암흑뿐이란다.

희망은 언제나 우리에게 힘차게 전진하라고 속삭인다('넌 해낼 수 있어, 할 수 있다니까.'). 루터(Martin Luther)는 "희망은 강한 용기이며, 새로운 의지이다."라고 했다. 강한 용기와 새로운 의지를 가지고 고난을 뚫고 나아가는 힘이 바로 희망이다. 절망은 죽음에 이르는 병이요, 희망은 생명에 이르는 약이다. 희망은 인생의 유모(乳母)이기에 늘 우리에게 생명의 활력소를 제공한다. 희망의 빛깔은 언제나 푸르며, 우리에게 늘 즐겁고 청신(淸新)한 기쁨을 선사한다. 그래서 희망은 에밀리 디킨슨 (Emily Dickinson)의 시 구절처럼, "우리가 인생에서 공짜로 누릴 수 있는 가장 큰 축복이다." 그러니 어떤 일이 있더라도, 어떤 최악의 상황에 처하더라도 결코 희망을 버리지 마라. 희망은 새로운 가능성을 위한 생명 줄이란다.

얼음장 밑에서도
고기는 헤엄을 치고

눈보라 속에서도
매화는 꽃망울을 튼다.

절망 속에서도
삶의 끈기는 희망을 찾고
사막의 고통 속에서도
인간은 오아시스의 그늘을 찾는다.

눈 덮인 겨울의 밭고랑에서도
보리는 뿌리를 뻗고
마늘은 빙점에서도
그 매운 맛 향기를 지닌다.

절망은 희망의 어머니
고통은 행복의 스승
시련 없이 성취는 오지 않고
단련 없이 명검은 날이 서지 않는다.

꿈꾸는 자여, 어둠 속에서

멀리 반짝이는 별빛을 따라
긴 고행 길 멈추지 말라.

인생항로
파도는 높고
폭풍우 몰아쳐 배는 흔들려도
한 고비 지나면
구름 뒤 태양은 다시 뜨고
고요한 뱃길 순항의 내일이 꼭 찾아온다.
— 문병란, 「희망가」

세상을 어둡게 하는 것은 무엇인가?
전기(電氣)가 다 나간 뒤 불을 밝힐 것이 없으면 어두울 것인가?
아니다.
습관이 들면 태양만으로도 족하다.
밤이라도 달빛으로 족하다.
달도 없으면 별빛으로 족하다.
그것마저 없어도 관계없다.
마음만 편하다면!

가장 어두운 것은 삶의 희망이 완전히 없어졌을 때이다.
삶의 의미가 없고, 보람이 없고, 미래가 전혀 없을 때이다.
그것은 곧 죽음이다.

― 차동엽, 『김수환 추기경의 친전』 중에서

굽이 돌아가는 길

박노해

올곧게 뻗은 나무들보다는
휘어 자란 소나무가 더 멋있습니다.
똑바로 흘러가는 물줄기보다는
휘청 굽어진 강줄기가 더 정답습니다.
일직선으로 뚫린 빠른 길보다는
산 따라 물 따라 가는 길이 더 아름답습니다.

곧은 길 끊어져 길이 없다고
주저하지 마십시오.
돌아서지 마십시오.
삶은 가는 것입니다.
그래도 가는 것입니다.
우리가 살아 있다는 건
아직도 가야 할 길이 있다는 것.

곧은 길만이 길이 아닙니다.

빛나는 길만이 길이 아닙니다.

굽이 돌아가는 길이 멀고 쓰라릴지라도

그래서 더 깊어지고 환해져 오는 길.

서둘지 말고 가는 것입니다.

서로가 길이 되어가는 것입니다.

생을 두고 끝까지 가는 것입니다.

박노해(본명 박기평, 전남 함평 태생, 1957~)
1983년 『시와 경제』를 통해 등단. 작품으로는 『노동의 새벽』, 『머리띠를 묶으며』, 『겨울이 꽃핀다』
등의 시집과, 『사람만이 희망이다』, 『오늘은 다르게』 등의 수필집이 있다.

너희가 세상을 살다보면 '다른 사람들은 다들 잘 사는 것 같은데, 다른 사람들은 다들 행복한 것 같은데 왜 나만 이렇게 사는 것이 힘들고 불행할까?' 하는 생각이 들 때가 있을 것이다. 하지만 이것은 너희가 아직 인생을 덜 살아봐서 하는 소리다. 그러니 사람들의 번지레한 겉모습만 보지 말고 그들의 내면(內面) 속으로 한번 들어가 봐라. 이 세상에 상처가 없고, 힘들지 않은 사람이 어디 있는가. 플라톤(Plato)의 말대로, "우리 모두는 아주 힘겨운 싸움을 하고 있단다(Everybody is fighting a tough battle.)." 그러니 애들아, 사는 것이 좀 힘들다고 주저앉지 말아라. 인생은 생각보다 아주 길단다. 그리고 '개똥밭에 굴러도 이승이 좋다.'고 하지 않니. 인생은 매일 깨가 쏟아지는 재미가 있어서가 아니라 살아내야 하는 것이란다. 갑자기 "왜 사느냐고 물으면, 그냥 웃지요."라는 김상용 시인의 시 구절이 생각나는구나.

> 아득히 머나먼 길을 따라 뒤돌아 보면은 외로운 길,
> 비를 맞으며 험한 길 헤쳐서 지금 나 여기 있네.
> 끝없이 기나긴 길을 따라 꿈 찾아 걸어온 지난 세월,
> 괴로운 일도 슬픔의 눈물도 가슴에 묻어놓고 …
> ─이미자, 「노래는 나의 인생」 중에서

아들아, 내 말 좀 들어보렴.
내 인생은 수정으로 만들어진 계단이 아니었다.
거기엔 못도 널려 있고,
나무 가시들과
부러진 널빤지 조각들,
카펫이 깔리지 않은 곳도 많은
맨바닥이었단다.

그러나 쉬지 않고
열심히 올라왔단다.
충계참에 다다르면
모퉁이 돌아가며
때로는 불빛도 없는 깜깜한
어둠 속을 걸어갔단다.

그러니 아들아, 절대로 돌아서지 마라.
충계에 주저앉지도 마라.
넌 지금 조금 힘든 것뿐이라는 것을
곧 알게 될 테니까,

여기서 주저앉으면 안 된단다.

아들아, 난 지금도 여전히 가고 있단다.
아직도 올라가고 있단다.
내 인생이 수정으로 만들어진 계단이 아니었는데도.
— 랭스톤 휴즈(Langston Hughes), 「어머니가 아들에게」

금이 간 항아리

1
어떤 사람이 양 어깨에 지게를 지고 물을 날랐다.
오른쪽과 왼쪽에 각각 하나씩 항아리가 있었다.
그런데 왼쪽 항아리는 금이 간 항아리였다.
물을 가득 채워 출발했지만
집에 오면 왼쪽 항아리의 물은 반쯤 비워져 있었다.
금이 갔기 때문이다.
반면에 오른쪽 항아리는 물이 가득 찬 모습 그대로였다.
왼쪽 항아리는 주인에게 너무 미안한 마음이 들었다.
그래서 주인에게 요청했다.
"주인님, 저 때문에 항상 일을 두 번씩 하는 것 같아 죄송해요.
금이 간 저 같은 항아리는 버리고 새것으로 바꾸세요."
그때 주인이 금이 간 항아리에게 말했다.
"나도 네가 금이 간 항아리라는 것을 알고 있다.
네가 금이 간 것을 알면서도 일부러 바꾸지 않는단다.
우리가 지나온 길 양쪽을 바라보아라.
물 한 방울 흘리지 않은 오른쪽 길은

아무런 생명도 자라지 못하는 황무지이지만,
왼쪽 길에는 아름다운 풀과 꽃이 무성하게 자라지 않니?
너는 금이 갔지만, 너로 인해
많은 생명들이 자라나는 모습이 아름답지 않니?
나는 그 생명체들을 보면서 즐긴단다."

많은 사람들이 완벽함을 추구한다.
자신의 금이 간 모습을 수치스럽게 여긴다.
어떤 때는 자신을 가치 없는 존재로 여겨 상심에 빠지기도 한다.
그러나 세상이 삭막해지는 것은 금이 간 인생 때문이 아니라
너무나 완벽한 사람들 때문이다.

당신은 금이 가지 않은 남편인가?
그래서 아내가 힘들어 하는 것이다.
당신은 금이 가지 않은 아내인가?
그래서 남편이 힘들어 하는 것이다.

2

아버지와 어머니가 모두 명문대를 나온 어떤 아이가 있었다.

그런데 부모의 완벽함 때문에 그 아이가 죽어가고 있었다.

부모는 아이가 2등을 해도 만족할 줄을 몰랐다.

심지어 1등을 해도 전교 1등을 해야 한다고 다그쳤다.

그 아이의 심성(心性)이 사막처럼 메말라 갔다.

좀 금이 가면 어떤가?

좀 틈이 있으면 어떤가?

좀 부족하면 어떤가?

세상을 황무지로 만드는 똑똑한 인간들이 너무나도 많다.

3

영국 의회에 어떤 초선 의원이 있었다.

의회에서 연설을 하는데, 청산유수(靑山流水)로 너무나도 완벽
한 연설을 했다.

연설을 마치자마자 그는 연설의 대가(大家)인 윈스턴
처칠에게로 갔다.

그리고 자기의 연설에 대해 평을 해 달라고 부탁했다.
물론 처칠로부터 탁월한 연설이었다는 평과 칭찬을 기대했다.
그러나 처칠의 대답은 의외였다.
"다음부터는 말을 좀 더듬적거리게나.
너무 완벽하면 정떨어진다."

한 방울의 물도 떨어뜨리지 않는 항아리가 황무지를 만든다.
옛말에 등 굽은 소나무가 선산(先山)을 지킨다고 했다.
금이 갔기 때문에 훌륭한 인생을 살다간 사람들이 무척이나 많다.
그리고 스스로 왕자병과 공주병의 자만심에 빠져
주변 사람들을 무시하고, 교만하고, 거만하고, 까탈을 부리다가
실패한 삶을 살다간 사람들을 우리들은 얼마든지 볼 수 있다 .

당신은 어떤 길을 택하겠는가?

도란도란

이 세상을 아무런 실수나 잘못 없이 완벽하게 살 수만 있다면 얼마나 좋겠느냐마는 사실은 그렇지 못한 것이 현실이다. 우리가 아무리 성실하고 흠 없이 세상을 살려고 노력하더라도, 우리는 신이 아닌 인간이 기에 때로는 실수도 하고 잘못도 저지르기 마련이다. 주변에서 '완벽주의'를 추구하는 사람들을 지켜봐라. 얼마나 숨이 막히고, 인간 냄새가 나지 않는지. 사람은 허점도 있고, 실수도 가끔 저질러서 다가갈 수 있는 여지(餘地)가 있어야지, 찔러서 피 한 방울 나지 않는 완전무결(完全無缺)한 사람은 좀 징그럽지 않니? '물이 너무 맑으면 고기가 모이지 않는단다.' 좀 못나면 어떠냐. 좀 부족하면 어떠냐. 좀 흠이 있으면 어떠냐. 미국의 극작가 테네시 윌리엄스(Tennessee Williams)의 말대로, "인간은 작업 중에 있는 미완성의 작품인 것을(Humanity is a work in progress.)."

말 한마디

부주의한 말 한마디가 싸움의 불씨가 되고,
잔인한 말 한마디가 삶을 파괴합니다.

쓰디쓴 말 한마디가 증오의 씨를 뿌리고,
무례한 말 한마디가 사랑의 불을 끕니다.

은혜로운 말 한마디가 길을 평탄케 하고,
즐거운 말 한마디가 하루를 빛나게 합니다.

때에 맞는 말 한마디가 긴장을 풀어주고,
사랑의 말 한마디가 축복을 줍니다.

도란도란

너희는 세상을 살면서 '세치의 혀' 때문에 평생 쌓아올린 노력을 하루아침에 물거품으로 만들어 버리는 사람들을 많이 보았을 것이다. 우리는 지금 '너무나 말을 많이 하고, 너무나 적게 듣는 시대' 에 살고 있다. 따라서 이 세상에는 너무나 많은 헛소리들이 난무(亂舞)하여, 자신을 성찰(省察)할 수 있는 침묵(沈默, silence)의 공간이 너무나도 부족하단다. 사람이 하루에 사용하는 말은 남자가 대략 2만 5천 마디, 여자가 3만 마디라고 한다. 여기에다 트위터(Twitter)나 페이스북(Facebook) 등과 같은 소셜 네트워크 서비스(Social Network Service, SNS)에 올리는 말들까지 합친다면 실로 엄청난 양이라고 할 수 있다. 그러니 말의 중요성은 새삼 강조할 필요가 없다. 옛 선인(先人)들도 말의 힘과 영향에 대해 익히 알았기에, "말 한 마디에 천 냥 빚도 갚는다." "발 없는 말이 천리를 간다." "입은 비뚤어져도 말은 바로 하랬다." 등 수많은 말에 관한 속담과 격언들이 유래하는 것이란다.

주위를 돌아보면, 말 한 마디로 인해 친구나 연인 등의 좋은 관계가 깨어지기도 하고, 부모나 형제자매와 같은 소중한 가족들에게 평생 지울 수 없는 한(恨)과 상처를 남기는 사람들을 자주 본단다. 그러기에 "칼의 상처는 쉽게 아물어도, 말의 상처는 쉽게 아물지 않는다."는 몽골 속담이 있는가 하면, 성경에서도 "혀에 맞아 죽은 사람이 칼에 맞아 죽은 사람보다 많다."고 가르치고 있지. 그러니 말을 할 때에는 심사숙고(深思熟考)

한 뒤에 조심해서 해야 한다. 특히 직장 초년생이거나 갓 결혼한 신혼부부라면, 한동안 귀는 열고 입은 닫은 채 생활하는 편이 현명하다. 법정 스님께서 "입에는 말을 많이 담지 말고, 가슴에는 근심을 많이 담지 말 것이며, 위(胃)에는 음식을 많이 담지 말라."고 하신 것도, 따지고 보면 '혀를 다스릴 수 있는 지혜'를 강조하신 것이란다.

그리고 남의 앞에서는 이렇게 말하고, 뒤에서는 저렇게 말하는 표리부동(表裏不同)한 인간이 되지 말 것이며, 남을 절대 모함(謀陷)하거나 험담(險談)하지 마라. 한번 내뱉은 말은 '에너지 보존의 법칙'에 따라 시간이 지나도 소멸하지 않고 우주 어디엔가 남아서 인구(人口)에 회자(膾炙)된단다. 또한 말을 할 때에는 가급적 긍정의 내용을 많이 담아서 하고, 남을 칭찬하는 데도 결코 인색하지 마라. '축복(祝福)'이란 말은 라틴어로 '베네딕시오(benedictio)'로, '좋게(bene)' '말하다(dicree)'라는 뜻이다. 그러니 '축복을 내려준다'는 것은 '타인(他人)에게 좋게, 즉 긍정적으로 말하는 것'이란다. 우리나라 사람들은 가까운 사람들은 물론이려니와 직장이나 사회에서도 남을 칭찬하는 데 특히나 인색하다. 하지만 칭찬이야말로 평범한 일상(日常)에 온기(溫氣)와 즐거움을 더해주고, 세상의 시끄러운 덜컹거림 소리를 음악으로 바꾸어 주는 특효약이란다. 그러니 가급적 칭찬을 많이 하도록 해라. 칭찬은 하면 할수록 좋은 것이란다.
(《조선일보》(2013. 11. 13.), 허영엽 신부님의 〈오피니언〉 참조.)

우리는 이 세상의 행복의 총량을 쉽게 증가시킬 수 있다. 어떻게?
고달픈 인생의 바다를 항해하는 누군가에게 '따뜻한 말 한마디'를
건네는 것이다.
나는 내가 한 따뜻한 말 한마디를 쉽게 잊을지 모르지만,
그 말을 들은 사람은 그것을 평생토록 소중하게 간직할 것이다.
나는 따뜻한 말 한마디를 건네는 사람을 만나고 싶다.
나는 따뜻한 말 한마디를 건네주는 사람이 되고 싶다.

— 데일 카네기(Dale Carnegie)

비가 멎고 점점 높아가는 물소리에 기대어 차를 마신다.
비를 피해 방 안으로 들어온 개구리 한 마리가
삐딱한 자세로 한 발은 차탁 위에, 한 발은 찻잔 위에 놓는다.
"이놈의 자식."
무심코 한 말에 개구리는 찻잔을 뒤집고 내 뺨을 후려친다.
개구리에게 배운다.
말조심.

— 허허당, 「말조심」

서두르지 마라

슈와프

경험이 풍부한 노인은
곤란한 일에 부딪혔을 때,
서두르지 말고
내일까지 기다리라고 말한다.

사실, 하루가 지나면
좋든 나쁘든
사정이 달라질 수 있다.

노인은 시간의 비밀을 알고 있다.

사람의 힘으로는 해결 못할 일들을
시간이 해결해 주는 일들이 가끔 있다.

오늘 해결 못할 문제는
우선 푹 자고 일어나서
내일 다시 생각하는 편이 좋다.

곤란한 문제를
해결하려 서두르기보다는
한 걸음 물러서서
조용히 응시하는 편이 현명하다.

도란도란

서양 속담에 '서두르면 일을 망친다(Haste makes waste.).' 는 말이 있듯이, 우리들은 '너무 느려서' 가 아니라 '너무 급해서' 실수를 저지르거나 일을 망치는 경우를 주변에서 자주 본단다. 물론 우리나라 사람들의 '빨리빨리 근성' 이 한몫하는 것도 사실이지만, 모두가 빠르게 움직이는 세상에서 자칫 느리게 행동했다가는 나만 뒤쳐진다는 우려(憂慮)가 오히려 비극을 자초(自招)하는 것이기도 하지. 세상에서 일어나는 대부분의 비극 또한 따지고 보면 잠시도 가만있지 못하고 급하게 일을 도모(圖謀)하려는 사람들에 의해 저질러진단다. 그러기에 파스칼(Blaise Pascal)도 "인간의 모든 불행은 단 한 가지, 고요한 방에 들어앉아 휴식할 줄 모르는 데서 비롯된다."고 했단다. 그러니 '급할수록 돌아가라.' 는 격언처럼, 결정하고 처리할 일이 아무리 급하더라도 한 발치 뒤로 물러서서 다시 생각해보거나, 하룻밤을 보내면서 심사숙고하는 것이 일을 그르치지 않는 첩경(捷徑)임을 늘 명심해라.

말이 나온 김에 '느림(slowness)의 미학' 에 관해 한마디 하고 싶구나. 요즈음 화두(話頭)가 '슬로(slow)' 라는 것은 너희도 알고 있지? '패스트(fast)한 삶' 에 식상(食傷)한 현대인들이 자구책으로 만들어 낸 모토(motto)가 '슬로' 란다. '슬로푸드(slow food) 운동' 〔식문화 운동의 하나로, 음식을 통해 삶의 질을 개선하고, 음식문화의 전통을 이어가며, 전통적인 방식으로 만들어지는 세계 각국의 음식들을 발굴하고 알리기 위해

이탈리아 음식 칼럼니스트인 카를로 페트리니(Carlo Petrini)가 1986년에 창시한 운동)이나 '슬로시티(slow city) 운동' 〔공해 없는 자연 속에서 전통문화와 자연을 잘 보호하면서 여유로운 옛 농경시대로 되돌아가자는 느림의 삶을 추구하는 국제적인 운동. '슬로시티'는 '유유자적한 도시, 풍요로운 마을'이라는 뜻의 이탈리아어 '치타슬로(cittaslow)'의 영어식 표현. 이 운동은 1986년 패스트푸드에 반대해서 시작된 '슬로푸드 운동'의 정신을 삶의 영역으로 확대한 것으로, 전통과 자연생태계를 슬기롭게 보전하면서 느림의 미학을 기반으로 인류의 지속적인 발전과 진화를 추구해 나가는 도시를 만들자는 취지로, 이탈리아의 소도시 그레베 인 키안티(Greve in Chiantti) 시장이었던 파울로 사투르니니(Paolo Saturnini)가 1999년 10월에 창시함.〕은 모두 '빠름, 채움, 인공, 디지털 문화'로부터 '느림, 비움, 자연, 아날로그 문화'로의 전향(轉向)을 위한 현대인들의 몸부림이라고 할 수 있지.

일찍이 미국의 작가 헨리 데이비드 소로우(Henry David Thoreau)는 번잡한 도시를 떠나 혼자만의 여유로운 삶을 누리기 위해, 매사추세츠(Massachusetts) 주(州) 콩코드(Concord) 근교에 있는 월든(Walden) 호숫가에서 로빈슨 크루소(Robinson Crusoe)처럼 2년 2개월 동안 자급자족의 생활을 영위했으며, 또한 이때의 생활을 근거로 해서 그의 명저『월든(Walden)』을 출판했고, 베트남의 틱낫한 스님은 프랑스의 남서부에

수행공동체인 '플럼 빌리지(Plum Village)'를 세워 몸소 '고요한 명상의 삶'을 실천했으며, 유명 아웃도어 의류업체인 노스페이스(The North Face)와 에스프리(Esprit)를 설립한 더글러스 톰킨스(Douglas Tompkins)는 남미 파타고니아(Patagonia)의 자연 속에서 느린 템포를 추구하며, 오로지 직선의 삶만을 갈구하는 인간의 논리와 싸움을 벌이고 있단다. 이들 모두는 무한경쟁의 쳇바퀴에 휩쓸리지 않기 위해 '느림'의 삶을 추구했으며, 또한 추구하고 있다. 한 번에 두세 가지 인생을 살 수가 없다면, 쫓고 쫓기는 '피로사회(독일의 한병철 교수가 정의한 이른바 '자기 착취 사회')'의 삶 대신에 인간답게 여겨지는 삶을 선택한 것이지.

영국의 극작가 오스카 와일드(Oscar Wilde)는 "인생은 원래 복잡하지 않은데, 우리가 복잡한 것(Life is not complex. We are complex.)."이라 했으며, 자비네 예니케(Sabine Jaenicke)는 그의 저서 『느릿느릿 살아라(Die Zeit Kann Man Anhalten)』에서, "우리는 시간을 멈추게 할 수 있고, 시간을 초월한 느림의 공간에서 모든 일을 느긋하게 그러나 온전히 할 수 있다."고 했다. 그러니 우리들 스스로가 애써 인생을 복잡하고 바쁘게 만들고 있는 것은 아닌지 모르겠다. 오늘이 아무리 바쁘더라도, 가던 길 멈춰 서서 잠시 푸른 하늘을 바라보거나, 하늘나라에서 속삭이는 별들의 밀어(密語)에 귀 기울여보는 여유를 가져보면 어떨까. 김이 모락모락 피어오르는 찻잔을 기울이며 '차 한 잔의 여유'를 즐겨보는 것도 아름다운 인생이며, 또한 우리가 인생이 아름답다고 느끼는 것도 이와 같은 느림의 공간에서란다.

> 나는 나를 둘러싼 세상이
> 참 바쁘게 돌아간다고 느낄 때
> 한 번씩 멈추고 묻는다.
> "지금, 내 마음이 바쁜 것인가,
> 아니면 세상이 바쁜 것인가?"
> ─혜민 스님, 『멈추면 비로소 보이는 것들』 중에서

눈송이는 지상으로 내려오는 별들의 나들이다.
천사는 하늘의 별들을 눈송이로 만들어 엽서로 날려 보낸다.
눈송이가 되어 살포시 지상에 내려앉는 엽서들.

눈 오는 날은 하늘에 별이 뜨지 않는다.
하늘의 별들이 모두 지상으로 내려왔기 때문이다.

하얀 엽서들이 우리를 부른다.
하지만 눈 오는 날 서두르다간

엉덩방아를 찧는다.
서두르지 말라는 천사의 일침(一針)이다.

—송정연, 『따뜻한 말 한마디』 중에서

웃어 버려라

헨리 루더포트 엘리어트

경쟁에서 이기지 못했니?
웃어 버려라.
권리를 무시당했니?
웃어 버려라.

사소한 비극에 사로잡히지 마.
총으로 나비를 잡지 마.
웃어 버려라.

일이 잘 안 풀리니?
웃어 버려라.
궁지에 몰렸다고 생각하니?
웃어 버려라.

너에게 무슨 일이 일어나든
웃음 이상의 해결책은 없어.
웃이 버려라.

도란도란

영국의 낭만주의 시인 윌리엄 블레이크(William Blake)가 그의 「런던(London)」이란 시에서, "내가 만나는 모든 사람들의 얼굴에는 괴로움과 슬픔의 그림자가 드리워져 있노라(Mark in every face I meet / Marks of weakness, marks of woe.)."고 언급한 것처럼, 우리들 역시 참으로 웃을 일이 별로 없는 '피로사회'를 살고 있다는 생각이 드는구나. 그러나 힘들고 어려울 때일수록 매사를 웃어넘길 수 있는 '희극 정신(comic spirit)'과 '유머 기질'이 필요하단다. '웃음이 최고의 약(Laughter is the best medicine.)'이라는 격언도 있지 않니. 우리의 몸은 웃을 때에는 행복과 관련된 화학물질이 분비되고, 얼굴을 찌푸릴 때에는 불행과 관련된 화학물질이 분비된단다. 그러니 도저히 그럴 기분이 아니더라도 한 번 활짝 웃어보도록 해라. 기분이 훨씬 좋아지는 것을 느낄 것이다. 우리가 어릴 적에는 하루에 400여 차례씩 웃었다고 한다. 하지만 나이를 먹어감에 따라 웃을 일도 없고, 또한 웃는 것조차 잊고 사는 '심각한 사람(serious man)'으로 변해가는 것이지. 하지만 그럴수록 잃어버린 웃음을 되찾아서, 가급적 많이 웃도록 해라. '사람은 나이 40이 되면, 자기 얼굴에 대해서 책임을 져야 한다.'는 말이 있다. 이는 무엇을 의미하겠니. 자신이 살아온 인생행로가 얼굴에 오롯이 반영된다는 이야기란다. 그러니 곱게 나이를 먹고 싶으면 어린아이처럼 자주 웃도록 해라. '웃음은 얼굴에서 겨울을 몰아내는 태양(Laughter is the sun that drives winter from the human face.)' 이자, 아일랜드 극작가 숀 오케이시(Sean O'Casey)가 말한 것처럼, "영혼을 위한 포도주(Laughter is wine for the soul.)"란다.

미소는 아무 비용이 들지 않지만 많은 것을 준다.
단지 순간이 걸리지만 그 기억은 영원히 계속된다.
너무 부유해서 미소 없이 살아갈 수 있는 사람은 없다.
너무 가난해서 미소로 부자가 될 수 없는 사람은 없다.

미소는 주는 사람을 가난하게 하지 않고
받는 사람을 부유하게 한다.
미소는 집안에 햇살을 창조하고
일에서 선의(善意)를 조성한다.
그리고 문제를 위한 최고의 해독제다.
그렇지만 청하거나 빌리거나 훔칠 수 없다.
미소는 주지 않는 한 가치가 없기 때문이다.

— 작자미상, 「미소」

어떤 왕의 충고

코맥

너무 똑똑하지도 말고, 너무 어리석지도 마라.
너무 나서지도 말고, 너무 물러서지도 마라.
너무 거만하지도 말고, 너무 겸손하지도 마라.
너무 떠들지도 말고, 너무 침묵하지도 마라.
너무 강하지도 말고, 너무 약하지도 마라.

너무 똑똑하면 사람들이 너무 많은 것을 기대할 것이다.
너무 어리석으면 사람들이 속이려 할 것이다.
너무 거만하면 까다로운 사람으로 여길 것이고,
너무 겸손하면 존중하지 않을 것이다.
너무 말이 많으면 말에 무게가 없고,
너무 침묵하면 아무도 관심을 갖지 않을 것이다.
너무 강하면 부러질 것이고,
너무 약하면 부서질 것이다.

코맥(Comac)
9세기에 살았던 아일랜드 왕.

도란도란

서 유럽에 위치한 영국은 한여름에도 그리 덥지 않고, 한겨울에도 그리 춥지 않은 온화한 날씨가 특징이다. 이러한 기후의 영향으로 영국인은 변화(change)와 극단(extreme)을 싫어하고 온건(溫乾, moderation)과 중용(中庸, golden mean)을 좋아한다. 우리가 세상을 살아갈 때에도 영국인의 국민성처럼, 가급적 양 극단(지나침과 부족함)을 피하고 '중용'을 지향하는 것(中庸之道, 중용지도)이 바람직하단다. 가령 사람이 너무 '자긍심(pride)'이 강하면 도도하거나 오만해 보이기 쉽고, 또 너무 겸손하면 비굴하거나 맥아리가 없어 보이기가 쉽다. 따라서 '자긍심'과 '겸손(humility)'의 덕목을 잘 조화시켜 처신할 때만이 사람들에게 '쿨한' 인상을 심어줄 수 있는 것이란다. 그러니 매사에 지나침이나 부족함이 없도록 늘 '중용의 덕'을 견지하도록 해라.

임종을 앞둔 늙은 스승이
마지막 가르침을 주기 위해 제자를 불렀다.
스승은 자신의 입을 벌려
제자에게 보여주며 물었다.
"내 입안에 무엇이 보이느냐?"
"혀가 보입니다."
"이(齒牙)는 보이지 않느냐?"

"스승님의 치아는 다 빠지고 하나도 남아있지 않습니다."
"이는 다 빠지고 없는데 혀는 남아있는 이유를 알겠느냐?"
"이는 단단하기 때문에 빠져버리고
혀는 부드러운 덕분에 오래 남아있는 것이 아니겠습니까?"
스승은 고개를 끄덕이며 말했다.
"그렇다. 부드러움이 단단함을 이긴다는 것,
이것이 세상을 사는 지혜의 전부란다.
이제 더 이상 너에게 가르쳐 줄 것이 없구나.
그러니 이것을 늘 명심하라."
　　　　─류시화, 『살아 있는 것은 다 행복하라』 중에서

나를 사랑하라

어니 J. 젤린스키

당신이 불행하다고 해서 남을 원망하느라
시간과 기운을 허비하지 마라.
어느 누구도 당신 인생에 영향을 끼칠 수 없다.
오직 당신뿐이다.
모든 것은 타인의 행동에 반응하는
자신의 생각과 태도에 달려있다.
많은 사람들이 실제 자신과 다른,
중요한 사람이 되고 싶어 한다.
그런 사람이 되지 마라.
당신은 이미 중요한 사람이다.
당신은 당신이다.
당신 본연의 모습으로 존재할 때
비로소 당신은 행복해질 수 있다.
당신 본연의 모습에 평안을 느끼지 못하면
절대 진정한 만족을 얻지 못한다.
자부심이란 다른 누구도 아닌
오직 당신만이 당신 자신에게 줄 수 있는 것.

자기 자신을 사랑한다는 것은 중요한 일이다.
다른 사람들이 뭐라 하든,
어떻게 생각하든 개의치 말고
어머니가 당신을 사랑하는 것보다
더 당신 자신을 사랑해야 한다.
삶을 언제나 당신 자신과 연애하듯 살라.

도란도란

인 생을 살다보면 이 세상에는 정말로 '나 혼자뿐'이라는 사실을 눈물 겹도록 처절하게 느끼는 경우가 많단다. 사랑하는 부모, 남편, 아내, 자식 등 그 어느 누구도 나의 답답한 속마음을 이해해주지 못하고, 또한 그 누구에게도 토로할 수 없는 '나만의 고뇌'로 몸부림칠 때이지. 생각해보면, 인간은 어차피 혼자일 수밖에 없는 고독하고 외로운 존재란다. 이 세상에 올 때에도 혼자서 왔고, 살 만큼 살다가 이 세상을 떠날 때에도 혼자서 가는 것이니까. 게다가 그 누구도 나의 버거운 삶을 대신해서 살아줄 수가 없고, 또 내가 겪고 있는 궁극적인 고뇌를 덜어줄 사람도 없단다. 따라서 저마다 '형이상학적 고뇌'를 짊어지고 외로운 나그네의 길을 터벅터벅 걸어가는 것이 인생이란다.

그러므로 이 세상을 살아가면서 너희가 가장 아끼고 존중해야 할 사람은 바로 너 자신이다. 네가 너를 사랑해주지 않는다면 누가 너를 사랑해 주겠는가. 또한 네가 너를 존중해주지 않는다면 누가 너를 존중해 주겠는가. 수필가이자 영문학자였던 피천득 선생께서는, "가진 것을 다 버려도 너 자신만은 버리지 말라."고 하셨단다. 온종일 바동대며 분투하는 너 자신이 불쌍하고 가엾지 않으냐? 온종일 이리 치이고 저리 치이며 상처받았던 너, 남들로부터 무시당하면서 가슴 아파했던 너, 오늘 하루도 이 몸 이끌고 이 마음 써가며 수고 많이 했다고 다독여 주어라. 그래야 네가 사니까, 그래야 네가 살아갈 수 있으니까. 인간은 자신에게 관대하고 타인에게 모진 사람도 많지만, 때로는 자신에게도 너무 모질게 굴거나 자기를 사랑할 줄 모르는 사람도 많지. 하지만 너야말로 이 세상에서 가장 귀하고 소중한 사람이다. 그러니 무엇보다도 너 자신을 사랑해라.

이 지구상에 살고 있는 수십억의 사람들 중에 똑같은 사람이 한 사람도 없다는 것은 매우 놀랍고도 신기한 일이다. 모든 사람들은 저마다 다르다. 그리고 태초부터 지구상에 살았던 수많은 사람들 역시 각기 다른 모습의 특별한 존재들이었다. 다시 말해서 너는 유일하고도 특별한 존재란다. 그러니 남의 눈치 보지 말고 너만의 빛깔과 향기를 찾으려고 해라. 이렇게 유일하고 특별한 존재인 네가 어떻게 하면 너 자신의 존재가치를 잃지 않고 아름답게 살아갈 수 있을까? 그것은 수없는 '홀로서기'를 통해 너만의 아름다움으로 빛날 때, 너는 이 세상의 유일무이(唯一無二)한 수많은 존재들과 더불어 훌륭하고 귀한 존재로 자리매김하게 될 것이다.

꽃이나 새는 자기 자신을
남과 비교하지 않는다.
저마다 자기 특성을 마음껏 드러내면서
우주적인 조화를 이루고 있다.
남과 비교하지 않고 자기 자신의 삶에 충실할 때
그런 자기 자신과 함께 순수하게 존재할 수 있다.

사람마다 자기 그릇이 있고 몫이 있다.
그 그릇에 그 몫을 채우는 것으로
만족해야 한다.
그리고 자신을 안으로 살펴야 한다.

내가 지금 순간순간 살고 있는 이 일이
인간의 삶인가,
지금 나답게 살고 있는가,
스스로 점검해야 한다.

무엇이 되어야 하고 무엇을 이룰 것인가,
스스로 물으면서
자신의 삶을 만들어 가지 않으면 안 된다.
누가 내 삶을 만들어 주는가,
내가 내 삶을 만들어 갈 뿐이다.

그런 의미에서 인간은 고독한 존재이다.
저마다 자기 그림자를 거느리고
휘적휘적 지평선 위를 걸어가고 있지 않은가.
—류시화, 『살아 있는 것은 다 행복하라』 중에서

향기로운 삶

내가 남을 사랑하고 이해하면,
내 가슴이 행복합니다.
내가 남을 보살피고 도와주면,
내가 어른이 되고 주인이 됩니다.
이것은 예쁜 옷을 입는 것보다,
높은 자리에 앉는 것보다,
자신을 더 아름답게 가꾸는 방법입니다.

법륜 스님, 「인생수업」 중에서

아름다움의 비결

샘 레벤슨

매력적인 입술을 갖고 싶으면
친절하게 말하십시오.
사랑스런 눈을 갖고 싶으면
사람들에게서 좋은 점을 보십시오.
날씬한 몸매를 갖고 싶으면
배고픈 사람들과 음식을 나누십시오.
아름다운 머리결을 원하신다면
하루에 한 번 어린아이에게
그대의 머리결을 어루만지도록 하십시오.
아름다운 자태를 갖고 싶으면
그대가 결코 혼자가 아님을 기억하며 걸어가십시오.

무엇보다 소중한 존재인 인간은
회복되어야하고,
새로워져야 하며,
소생하고,
교화되고,

구원받아야 합니다.

그 누구도 결코 버려져서는 안 됩니다.

그대가 도움의 손길을 필요로 할 때

그대의 팔 끝에 손이 달려있다는 것을 기억하십시오.

하지만 그대가 나이를 먹어감에 따라

그대는 두 개의 손이 있다는 것을

알게 될 것입니다.

한 손은 그대 자신을 도와주는 손이고

다른 한 손은 남들을 도와주기 위한 손입니다.

샘 레벤슨(Sam Levenson, 1911~1980)

미국의 시인, 언론인, 방송인. 오드리 햅번(Audrey Hepburn, 1929~1993)이 좋아했던 시인으로, 시어(詩語) 같은 간결한 인터뷰와 연설로 유명했다. 원제(原題)가 「세월이 입증한 아름다움의 비결 (Time Tested Beauty Tips)」로 되어 있었던 이 시는, 샘 레벤슨이 자기 손녀를 위해 쓴 편지들 사이에서 발견되었다. 오드리 햅번이 숨을 거두기 1년 전인 1992년 크리스마스 이브에 그녀의 아들들에게 들려주었던 이 시는, 그녀의 유언과도 같은 시이다. 때문에 이 시는 「오드리 햅번의 기도」로 더 잘 알려져 있다.

Beauty Secrets

Sam Levenson

For attractive lips,

speak words of kindness.

For lovely eyes,

seek out the good in people.

For a slim figure,

share your food with the hungry.

For beautiful hair,

let a child run his fingers through it once a day.

For a poise,

walk with the knowledge you'll never walk alone.

People, even more than things,

have to be restored, renewed, revived, reclaimed and redeemed.

Never throw out anybody.

Remember,

if you ever need a helping hand,

you'll find one at the end of your arm.

As you grow older,

you'll discover that you have two hands.

One for helping yourself, the other for helping others.

오 늘날 우리는 인류 역사상 최고의 교육을 받은 사람들이지만 우리
가 가진 지식을 가지고 무엇을 해야 할지를 전혀 모르는 사람들이
다. 물질에만 눈이 멀어 사리사욕(私利私慾)을 채우는 데에만 급급할 뿐,
굶주리고, 헐벗고, 버려진 우리의 이웃들을 다른 사람들의 책임으로 돌
리면서 애써 외면하고 있단다.

　　남보다 더 갖기 위해 안달하고, 남보다 더 앞서기 위해 다투는 경쟁
일변도(一邊倒)의 '황금만능주의' 시대에 살면서 사람들은 이구동성(異
口同聲)으로 이런 상황이 지속되어서는 안 된다고 외친다. 많은 사람들
이 극으로 치닫는 개인주의를 되돌리기 위해 우리가 지금 할 수 있는 일
이 무엇이냐고 묻는다. 어떻게 하면 우리가 개인과 공동체 간에 벌어진
틈새를 메울 수가 있을까? 우리 자신을 돌보며 다른 사람들도 아우르는
삶을 살 수는 없는가? 우리 시대를 지금과 다르게 바꾸어갈 수 있는 방법
은 진정 없는 것인가?

　　나는 우리가 이 시대와 사회에 대해 책임을 떠맡고 주인의식을 가
질 때만이 한껏 벌어진 틈새를 메우고, 이 사회와 세상을 개조(改造)하는
데 긍정적이고도 건설적인 영향을 미칠 수가 있다고 생각한다. 이 모두는
이 시대를 살아가는 우리의 책무다. 예를 들어 시대의 어려움에 직면하여
분연히 일어섰던 아시시(Assisi)의 성(聖) 프란체스코(Francis), 인도의
간디(Gandhi), 미국의 마틴 루터 킹(Martin Luther King), 남아프리카공

화국의 넬슨 만델라(Nelson Mandela), 로마의 교황 요한(John) 23세, 유고슬라비아의 테레사 수녀님(Mother Teresa), 베트남의 틱낫한(Thich Nhat Hanh), 한국의 김수환 추기경 같은 사람들처럼 말이다. 간디는 "세상이 변하길 원한다면 당신이 먼저 변해야 한다."고 했으며, 소크라테스(Socrates)는 "세상을 움직이는 사람들이 먼저 스스로 움직이게 하라."고 했다. 옳은 말이다. 우리 모두는 변해야 한다. 바로서야 한다. 인간의 본분과 책임을 다해야 한다.

대단한 일을 하는 것만이 중요한 것은 아니다. 책임과 용기를 가지고 작은 일을 행하거나 말하는 것이 더욱 중요한지도 모른다. 매일매일 우리가 행하고 말하는 것들은 보잘것없고 사소해 보일지 모르지만, 사소한 붓놀림 하나하나가 모여 멋진 캔버스를 만들듯, 이러한 것들이야말로 우리의 삶을 최고의 명작(名作)으로 만들어주는 것들이란다.

우리가 진정 이 시대의 '빛과 소금' 되기 위해서는 이웃을 사랑하고 보듬으며, 조건 없이 베푸는 삶을 살아야 한다. 지금이 바로 우리가 달라질 수 있고, 세상의 '빛과 소금'이 되기 위해 나서야 할 때이다. 지금이 바로 모든 이들을 위한 최상의 세상을 만들기 위해 우리들의 내면에 존재하는 사랑, 자선, 덕성, 자애로움, 이해심 등과 같은 '인간적인 특질들'을 계발할 때이다. 지금이야말로 보이지 않는 곳에서 은은하게 향기를 발하는 들국화처럼, 우리 모두가 향내 나는 인간으로 거듭나야 할 때란다.

내가 젊고 자유로워서
무한한 상상력을 가졌을 때,
나는 세상을 변화시키겠다는 꿈을 가졌었다.

내가 좀 더 나이가 들고
지혜를 갖게 되었을 때,
나는 세상이 변하지 않으리란 걸 알았다.

그래서 나는 시야를 조금 좁혀
내가 살고 있는 나라를 변화시키겠다고 결심했다.
그러나 그것 역시 불가능한 일이었다.

황혼의 나이가 되었을 때,
나는 마지막 시도로
가장 가까운 내 가족을 변화시키겠다고 마음을 먹었다.
그러나 아무도 달라지지 않았다.

이제 죽음을 맞이하는 자리에서
나는 깨닫는다.

만일 내가 나 자신을 먼저 변화시켰다면,
그런 나를 보고 내 가족이 변화되었을 것을.

또한 그것에 용기를 얻어
내 나라를 좀 더 좋은 곳으로 바꿀 수도 있었을 것을.

그리고 누가 알겠는가.
세상까지도 변했을는지!
— 영국 웨스트민스터 대성당 지하 묘지에 있는 어느 성공회 주교의 묘비명

두 손을
꼭 움켜쥐고 있다면,
이젠 그 두 손을 활짝 펴십시오.
가진 것이 비록 작은 것이라도
그것이 꼭 필요한 사람이 있다면,
나누어 주십시오.

이는 두 손을 가진
최소한의 역할이기 때문입니다.

두 눈이
꼭 나만을 위해 보았다면,
이젠 그 두 눈으로 남도 보십시오.
보는 것이 비록 좁다 할지라도
도움이 꼭 필요한 사람을 본다면,
찾아가서 도움을 주십시오.

이는 두 눈을 가지고
해야 할 임무이기 때문입니다.

두 귀로
꼭 달콤함만 들었다면,
이젠 그 두 귀를 활짝 여십시오.
듣는 것이 비록 싫은 소리라도
그것이 꼭 필요한 사람이 있다면,
들어주며 위로하여 주십시오.

이는 두 귀를 가지고
함께 해야 할 조건이기 때문입니다.

입으로
늘 불평만 하였다면,
이젠 그 입으로 감사하십시오.
받은 것이 비록 적다 해도
그것을 감사하는 사람과
손잡고 웃으면서 고마워하십시오.

이는 고운 입을 가지고
살아 갈 기준이기 때문입니다.

마음을
꼭 닫으면서 살았다면,
이젠 그 마음의 문을 여십시오.
마음 씀이 비록 크지 않더라도
그것을 주변의 사람을 향하여
미소로써 대하며 사십시오.

이는 사랑을 받고 나눠야 할
책임이기 때문입니다.

—「마음 나누기」, 《좋은 글》 중에서

자연이 들려주는 말

척 로퍼

나무가 하는 말을 들었습니다.
우뚝 서서 세상에 몸을 내맡겨라.
관용하고 굽힐 줄 알아라.

하늘이 하는 말을 들었습니다.
마음을 열어라. 경계와 담장을 허물어라.
그리고 날아올라라.

태양이 하는 말을 들었습니다.
다른 이들을 돌보아라.
너의 따뜻함을 다른 사람이 느끼도록 하라.

냇물이 하는 말을 들었습니다.
느긋하게 흐름을 따르라.
쉬지 말고 움직여라. 머뭇거리거나 두려워하지 마라.

작은 풀들이 하는 말을 들었습니다.
겸손 하라. 단순 하라.
작은 것들의 아름다움을 존중하라.

척 로퍼(Chuck Roper, 1948~)
미국의 작가, 출판인

도란도란

한 남자가 번화한 도시를 걷고 있었다.
그러던 중 먹을 것을 구걸하는 한 아이를 발견했다.
그 아이는 더러운 누더기를 걸치고 있었다.
남자는 화가 나서 하느님께 이렇게 말했다.
"어떻게 이런 일이 일어나도록 내버려두십니까?
왜 이 죄 없는 아이를 도우시지 않으십니까?"
그러자 그의 마음속에서 이런 소리가 들려왔다.
"나는 가만히 있지 않았다. 너를 만들지 않았느냐."
— 마이클 린버그(Michael Lynberg), 『너만의 명작을 그려라』 중에서

아침이면 태양을 볼 수 있고
저녁이면 별을 볼 수 있는
나는 행복합니다.

잠이 들면
다음날 아침 깨어날 수 있는
나는 행복합니다.

꽃이랑 보고 싶은 사람을 볼 수 있는 눈과,
아가의 옹알거림과 자연의 모든 소리를 들을 수 있는 귀와,
사랑한다는 말을 할 수 있는 입과,
기쁨과 슬픔과 사랑을 느낄 수 있고
남의 아픔을 같이 아파해줄 수 있는 가슴을 가진
나는 행복합니다.

— 차동엽, 『김수환 추기경의 친전』 중에서

아름다운 인생

한일동

눈꽃이 아름다운 것은
잎이 져버린 빈 가지에서 피어나기 때문이며,
빗물을 머금어도 연잎이 찢어지지 않는 것은
감당하지 못할 물은
미련 없이 비워버리기 때문이다.

그대가 이 세상에 잠시 머물다 간 덕분에
이 세상이 조금이라도 나아졌다면,
또는 그대가 누군가의 고통이나 슬픔을 조금이라도 덜어줬다면,
그대는 이 세상 소풍을 끝내는 날,
난 결코 인생을 헛되이 살지 않았노라고 말할 수 있으리라.

그리고 맑게 갠 날이 아름다운 노을을 남기듯,
이 세상을 곱게 살다간 그대의 자취는 아름답게 빛날 것이다.

도란도란

우 리의 짧은 인생을 빗대어 흔히 '여몽환포영(如夢幻泡影: 꿈, 허깨
비, 물거품, 그림자와 같다는 말)', '일장춘몽(一場春夢: 마당에서
한바탕 꾼 봄꿈이라는 뜻)' 또는 '한 번의 윙크(From our birthday until
we die, is but the winking of an eye.)' 같다고 한단다. 영겁(永劫)의 시
간에 비하면 이처럼 찰나(刹那)에 불과한 몇십 년의 인생은 짧기가 그지
없는데, 우리는 왜 그다지도 '물질'과 '소유'에 집착하는지 모르겠다.

잠시 동안 이 세상에 머물다 가는 데는 그리 많은 물질과 소유가 필
요 없단다. 왜냐하면 이 세상에 진정 내 것이라고 할 수 있는 것은 단 하나
도 없으며, 우리 모두는 빈손으로 왔다가 빈손으로 떠나가는 나그네이기
때문이다. 지금 내가 가지고 있는 모든 것은 이 세상에 잠시 머무는 동안
빌려서 쓰다가 그대로 놔두고 떠나는 것이란다. 법정 스님은 그의 『무소
유』란 책에서 이렇게 말했다.

인간의 역사는 어찌 보면 소유사(所有史)처럼 느껴진다. 보다 많은
자기 몫을 챙기기 위해 끊임없이 싸우고 있다. 소유욕에는 끝도 없
고 휴일도 없다. 그저 하나라도 더 갖기 위한 일념(一念)에 출렁이
고 있다. 물건만으로는 성이 차지 않아 사람까지도 소유하려 든다.
그 사람이 자기 뜻대로 되지 않을 경우에는 끔찍한 비극도 불사하
면서, 제 정신도 갖지 못한 주제에 남까지 가지려고 한다.

또한 법정 스님은 간디 어록(語錄)에서, "나는 가난한 탁발승이오. 내가 가진 것이라고는 물레와 교도소에서 쓰던 밥그릇, 염소젖 한 깡통, 허름한 담요와 수건, 그리고 대단치도 않은 명성, 이것뿐이오."라는 글을 읽고 무척 부끄러움을 느꼈다고 한다.

행복의 비결은 필요한 것을 얼마나 갖고 있는가가 아니라 법정 스님처럼 불필요한 것에서 얼마나 자유로운가에 있다. 영국의 시인 T. S. 엘리엇(Eliot)은 "당신이 소유하지 않을 것을 소유하기 위해서는, 무소유의 방식을 추구해야 한다(In order to possess what you do not possess, you must go by the way of dispossession.)."고 했으며, 미국의 작가 소로우(Henry David Thoreau)도 "부자가 되는 가장 확실한 방법은 거의 아무것도 원하지 않는 것"이라고 했다. 즉, 사람이 부자이냐 아니냐 하는 것은 그의 소유물의 많고 적음에 있는 것이 아니라, 그것 없이 지내도 되는 것이 많으냐 적으냐에 달려 있다는 것이며, 인간의 목표 또한 풍부하게 소유하는 데 있는 것이 아니라 풍성하게 존재하는 데 있다는 것이다. 결국 인생에서 진정한 행복은 소박하게 살면서 남에게 베푸는 삶을 살 때만이 가능하다는 것이다.

자신을 희생하면서 베푸는 삶을 살다간 사람들 중에 가장 유명한 사람으로는 테레사(Mother Teresa) 수녀님이 계신단다. 그녀는 죽어가는 이들과 버림받은 자들, 그리고 사회에서 소외된 사람들을 위해 자신의 모든 것을 바쳤다. 우리가 진정 특별한 삶을 살고자 한다면 테레사 수녀님처럼 다른 사람들의 삶을 변화시키는 삶을 추구해야 한다. 다시 말해 다른 사람들을 위해 자기희생의 삶을 살아야 한다.

'희생(sacrifice)'이란 말은 '신성하게 하는 것', '거룩하게 하는 것'이란 의미의 라틴어 '새크리피시움(sacrificium)'에서 유래되었다. 따라서 '희생한다는 것'은 우리의 정신을 드높이는 것이요, 명예롭고 거룩한 일을 하는 것이며, 인간을 거룩한 존재로 만드는 것이다.

사람은 생각하는 대로 살지 못하면, 사는 대로 생각하게 된다고 한다. 그런데 행복의 비결은 무소유의 삶을 살면서 남에게 베푸는 삶을 실천하는 데 있다. 우리 모두는 이 세상을 보다 나은 곳, 보다 포근한 곳으로 만들기 위해 무엇인가를 할 수 있다. 집이 없는 사람들에게 거처를 제공하고, 굶주린 사람들에게 먹을 것을 나누어 주며, 병마(病魔)와 싸우는 사람들의 병을 고쳐주고, 어려움에 처한 친구들을 돕고, 친절한 말과 다정한 웃음으로 누군가의 고독을 다독여주면서 말이다. 이것이 바로 삶에 의미를 부여하고, 향내 나는 삶을 추구하는 고결한 방식이다.

하루 해가 제 할 일을 다한 뒤에 서녘 하늘로 넘어가듯이, 우리도 언젠가는 이 세상에서 물러가야만 한다. 그런데 죽음 직전의 짧은 순간에 살아온 세월들이 파노라마(panorama)처럼 펼쳐질 것이다. 착한 삶을 산 사람은 행복한 표정을 지을 것이고, 악한 삶을 산 사람은 불행한 표정을 지을 것이다. 하지만 내가 이곳에 잠시 머물다 간 덕분에 세상이 조금이라도 나아졌다면, 혹은 누군가의 슬픔이나 고통을 손톱만치라도 덜어줬다면, 나는 결코 헛되이 산 것이 아닐 것이다. 그리고 맑게 갠 날이 아름다운 노을을 남기듯, 인생의 여정(旅情)을 곱게 마무리 했을 때 그 자취는 아름답게 빛날 것이다.

자주 그리고 많이 웃는 것
현명한 이에게 존경을 받고
아이들에게서 사랑을 받는 것
정직한 비평가의 찬사를 듣고
친구의 배반을 참아내는 것
아름다움을 식별할 줄 알며
다른 사람에게서 최선의 것을 발견하는 것

건강한 아이를 낳든
정원을 가꾸든
사회 환경을 개선하든
자기가 태어나기 전보다
세상을 조금이라도 살기 좋은 곳으로

만들어 놓고 떠나는 것

자신이 한때 이곳에 머물다 간 덕분에
단 한 사람의 삶이라도 더 행복해지는 것
이것이 바로 진정한 성공이다.

— 랄프 왈도 에머슨(Ralph Waldo Emerson), 「진정한 성공」

한일동
영문학 박사, 용인대학교 영어과 교수. 한국번역학회 회장, 한국동서비교문학학회 회장, 한국예이 츠학회 회장, 한국현대영미어문학회 회장 등을 역임했으며, 저서로는 『아일랜드: 켈트인의 역사와 문화를 찾아서』, 『아일랜드: 수난 속에 피어난 문화의 향기』, 『한일동 교수의 세계의 명시산책』 등 다수가 있고, 역서로는 『더블린 사람들(Dubliners)』, 『행복한 삶을 위한 명상(Now is the Time)』 등이 있다.

아름다운 마무리

아름다운 마무리는
지나간 모든 순간들과 기꺼이 작별하고,
아직 오지 않은 순간들에 대해서는
미지 그대로 열어 둔 채,
지금 이 순간을 흔쾌한 마음으로 받아들이는 것이다.

법정, 「아름다운 마무리」 중에서

아름다운 마무리

법정

아름다운 마무리는 처음의 마음으로 돌아가는 것이다.
일의 과정에서, 길의 도중에서
잃어버린 초심을 회복하는 것이다.

아름다운 마무리는 근원적인 물음
'나는 누구인가?' 하고 묻는 것이다.
삶의 순간순간마다 '나는 어디로 가고 있는가?' 하는 물음에서
그때그때 마무리가 이루어진다.

아름다운 마무리는 내려놓음이다.
내려놓음은 일의 결과,
세상에서의 성공과 실패를 뛰어넘어
자신의 순수 존재에 이르는 내면의 연금술이다.

아름다운 마무리는 비움이다.
채움만을 위해 달려온 생각을 버리고
비움에 다가가는 것이다.

그러므로 아름다운 마무리는 비움이고
그 비움이 가져다주는 충만으로 자신을 채운다.

아름다운 마무리는 살아온 날들에 대해
찬사를 보내는 것,
타인의 상처를 치유하고
잃어버렸던 나를 찾는 것,
수많은 의존과 타성적인 관계에서 벗어나 홀로 서는 것이다.
아름다운 마무리는 용서이고, 이해이고, 자비이다.

그리고 아름다운 마무리는 끝이 아니라 새로운 시작이다.

도란도란

이 세상 모든 것에는 다 때가 있다. 하늘 아래 일어나는 모든 것에는 다 때가 있다. 산을 오를 때가 있으면 내려올 때가 있고, 해가 뜰 때가 있으면 질 때가 있다. 우리가 나이를 먹어가거나 죽지 않고 인생의 봄을 영원히 누릴 수만 있다면 얼마나 좋겠느냐마는, 불행하게도 시간의 철칙(鐵則)을 피할 수 있는 것은 이 세상에 아무 것도 없다. 게다가 인생의 가을이나 겨울을 맞이해야 한다는 것은 누구에게나 결코 기분 좋은 일이 아니지. 하지만 노년이나 죽음은 누구에게나 찾아오는 것이기 때문에, 이 또한 우리가 담담하게 받아들여야만 하는 생의 한 굽이이자 궤적이란다.

우리는 어려서부터 중장년에 이르기까지 시험, 입학, 졸업, 취업, 결혼 등에 대해서는 많은 준비를 하지만 노년이나 죽음에 대해서는 소홀하기가 쉽다. 그러나 인생의 황혼을 마무리하는 법도 배워야 한다. 이는 진지한 자아 성찰을 통해 노년이나 죽음을 의연하게 받아들이기 위함이요, 또한 그렇게 함으로써 단풍처럼 곱게 물들어가고, 궁극에는 주접을 떨거나 질퍽대지 않고 모란이나 동백꽃처럼 산뜻하게 낙화하기 위해서란다. 꽃은 필 때에도 아름다워야 하지만 질 때에도 아름다워야 한다.

잘 물든 단풍처럼 곱게 늙어가기 위해서는 '놓는 것' 과 '비우는 것' 을 배우고, '지나침' 을 경계하며, 노화에 따른 신체의 변화를 거역하지 말고 자연스럽게 받아들여야 한다. 그러자면 불필요한 가지와 잎을 잘라내는 이른바 '소박한 삶(simple life)'을 지향해야 하고, 자신의 모습을 있는 그대로 받아들이는 '수용의 자세'를 견지해야 한다. 왜냐하면 노욕(老欲)이 과하면 추한 것이고, 나이에 어울리지 않게 애써 젊어지려 하는 것은 꼴불견이기 때문이다.

아름다운 마무리는 살아온 날들에 대해 감사하고, 수많은 의존과 타성적인 관계들로부터 벗어나 홀로 서는 것이며, 새로운 존재로 거듭나는 것이다. 그리고 지나간 모든 것들과 기꺼이 작별하고, 열린 마음으로 모든 것을 포용하고 관조(觀照)하면서 여생(餘生)을 품격(品格)있게 즐기는 것이며, 다가올 것들에 대해서는 미지의 상태로 열어두는 것이다. 왜냐하면 우리가 어머니의 자궁 속에서 태어날 세상에 대해 미처 몰랐듯이, 죽음 이후의 세상에 대해서는 아무것도 모르기 때문이다.

겨울이 오면
겨울만 생각하자.
겨울을 멀리하려 하지 말고
적극적으로
겨울의 정수를 즐기고
겨울의 생명과 가까워지자.
겨울이 오면

겨울만이 갖는
깊이와 혹독함과 고요함을 알자. (…)
겨울은 고독한 나에게 주어진 보물 항아리다.
― 사카무라 신민, 「겨울이 오면」 중에서

내 중심을 잡고 인생의 문제를 해결하려면, 지금까지 삶의 우선순
위였던 재물, 출세, 명예, 건강 등에 대한 욕구를 뒤로 돌려야 합니
다. 그 욕망들을 내려놓아야 그 순간 눈이 열리고, 어떻게 해야 행
복해지는지 비로소 인생의 길이 보이기 시작합니다.

영원히 살 것처럼 오늘을 허투루 보내고 있지는 않은지 자신을 돌
아보세요. 죽음의 순간은 언제 올지 알 수 없기 때문에 오늘 최선을
다해야 하고, 그 마음을 잃지 않아야 내일 죽어도 후회 없는 인생을
살 수 있습니다. 세상에서 추구하는 성공과 상관없이 스스로 만족
하는 삶을 살아갈 때 그것이 바로 좋은 인생입니다. 늘 오늘의 삶이
만족스러우면 그게 곧 행복한 인생이지요.
― 법륜 스님, 「인생 수업」 중에서

원시(遠視)

오세영

멀리 있는 것은
아름답다.
무지개나 별이나 벼랑에 피는 꽃이나
멀리 있는 것은
손에 닿을 수 없는 까닭에
아름답다.
사랑하는 사람아,
이별을 서러워하지 마라.
내 나이의 이별이란
헤어지는 일이 아니라 단지
멀어지는 일일 뿐이다.
네가 보낸 마지막 편지를 읽기 위해선
이제
돋보기가 필요한 나이,
늙는다는 것은
사랑하는 사람을 멀리 보낸다는
것이다.

머얼리서 바라볼 줄을

안다는 것이다.

오세영(전남 영광 태생, 1942~)
시인, 서울대 교수. 1968년 『현대문학』을 통해 등단. 작품으로는 『반란하는 빛』, 『시간의 쪽배』 등
다수의 시집이 있다.

도란도란

이 세상에 영원한 인간관계란 없다. 부모, 남편, 아내, 자식 그 누구건 간에 때가 되면 이별을 각오해야만 한다. 나이를 먹어간다는 것은 '이별(離別)'을 배워가는 과정이다. 독일의 호이페어스(Hermann Heuvers) 신부님은 이별을 일컬어 "진정한 고향으로 가기 위해 자신과 이 세상을 잇는 쇠사슬을 조금씩 끊는 것"이라고 했다. 따라서 사랑하는 사람과의 이별이건, 삶과의 이별, 즉 죽음이든 간에 요란스런 '헤어짐'이 아닌, 사랑과 삶의 자연스런 과정으로서의 '멀어짐'을 의연하게 받아들이는 '이별의 미학'이 필요하다.

사람은 멋있게 살 줄도 알아야 하지만 멋있게 죽을 줄도 알아야 한다. 레오나르도 다빈치(Leonardo da Vinci)는 "잘 보낸 하루가 행복한 잠을 가져오듯, 잘 쓰인 인생은 행복한 죽음을 가져온다."고 했다. '멋진 죽음'이란 이기적인 삶이 아니라 이타적(利他的)인 삶을 살다 가는 것을 의미한다. 어느 날 갑자기 죽음의 신이 찾아와 '당신의 문'을 두드릴 때 그를 빈손으로 돌려보내서는 아니 된다. 일생 동안 당신이 베푼 사랑의 업적을 생명의 광주리에 가득 담아서 죽음의 신 앞에 내어놓아야 한다. 그를 빈손으로 돌려보낸다는 것은 부끄러운 일이다.

머지않아 늦가을 서릿바람에 저토록 무성한 나뭇잎들도 모두 무너져 내릴 것이다. 그리고 때가 되면 빈 가지에서 또다시 새로운 잎들이 돋아날 것이다. 밀알 하나가 땅에 떨어져 죽지 않으면 한 알 그대로 남지만,

죽으면 많은 열매를 맺는다. 그러므로 '멋진 죽음'은 끝이 아니라 새로운 시작이다(법정, 『아름다운 마무리』 참조.).

주여, 나를 당신의 평화의 도구로 써 주소서.
위로받기보다는 위로하고
이해받기보다는 이해하고
사랑받기보다는 사랑하게 하소서.
우리는 줌으로써 받고
용서함으로써 용서받고
자기를 버림으로써 영생을 얻기 때문입니다.
(성 프란체스코(Francisco de Zurbaran), 「평화의 기도」 참조.)

섭섭하게
그러나
아주 섭섭지는 말고
좀 섭섭한 듯만 하게

이별이게
그러나
아주 영 이별은 말고
어디 내생(來生)에서라도
다시 만나기로 하는 이별이게

연꽃
만나러 가는
바람 아니라
만나고 가는 바람 같이

엊그제
만나고 가는 바람 아니라
한두 철 전
만나고 가는 바람 같이
— 서정주, 「연꽃 만나고 가는 바람 같이」

내 무덤가에 서서 울지 마세요.
나는 거기에 없고, 잠들지 않았으니까요.

나는 천 갈래로 부는 바람이며,

눈(雪) 위에서 반짝이는 다이아몬드 광채이고,

무르익은 곡식을 비추는 햇살이며,

촉촉이 내리는 가을비입니다.

당신이 고요한 아침에 잠에서 깨어날 때면,

나는 선회(旋回)하며 나르는 조용한 새들의

힘찬 날갯짓이고,

밤에 빛나는 부드러운 별입니다.

그래서 내 무덤가에 서서 울지 마세요.

나는 거기에 없고, 죽지 않았으니까요.

— 메리 엘리자베스 프라이(Mary Elizabeth Frye),

「내 무덤가에 서서 울지 마세요」

나의 길

폴 앨버트 앵카

자, 이제 마지막 순간이 다가오고 있군
그래 내 생애의 마지막 순간을 대하고 있어
친구여, 분명히 말해두고 싶은 게 있네
확신을 품고 살아온 내 인생을 얘기해 줄께
난 충만한 삶을 살았고
가보지 않은 곳 없이 여행을 했지만
그보다 더 말하고 싶은 건
내 소신대로 살았다는 거야

후회할 때도 좀 있었지
그러나 되돌아보니
이렇다 할 정도로 많았던 건 아니야
난 내가 해야만 할 일을 했고
예외 없이 그것을 끝까지 해냈지
난 계획된 길을 따라가기도 했고
샛길을 조심스레 걸어도 봤지
그런데 그 보다 더 의미가 있었던 것은

내 소신대로 살았다는 거야

그래 맞아, 자네도 잘 알겠지만
어떤 때는 지나치게 과욕을 부린 적도 있었지
하지만 그 와중에도 의혹이 들 때에는
순순히 받아들이다가 단호히 거절도 했어
모든 것과 정면으로 맞서면서
난 당당했고, 내 소신대로 살았지

사랑도 했고, 웃어도 봤고, 울기도 했었지
가질 만큼 가져도 봤고, 잃을 만큼 잃어도 봤지
이제, 눈물이 가신 뒤에 되돌아보니
모두가 즐거운 추억일 뿐이야
내가 살아온 지난날을 되돌아볼 때
나는 한 점의 부끄러움도 없이 이렇게 말할 수 있을 거야
아냐, 아냐, 난 달라
난 내 소신대로 살아왔어

사나이가 사는 이유가 뭐고, 가진 게 뭐가 있겠어
자신의 주체성이 없다면 아무것도 가진 게 없는 거지
비굴한 사람들이 하는 말이 아니라
진실로 느끼는 바를 말하며 살아야 남자지
내 과거가 말해주듯, 난 난관을 피하지 않았고
늘 내 소신대로 살았던 거야

그래 맞아, 그게 내가 걸어온 인생 여정(旅程)이라네

폴 앨버트 앵카(Paul Albert Anka, 1941~)
캐나다 출신의 가수, 작곡가, 영화배우. 유명한 노래로는 〈Diana〉, 〈I Love You, Baby〉, 〈Tell Me That You Love Me〉, 〈You Are My Destiny〉, 〈Crazy Love〉, 〈Lonely Boy〉, 〈Puppy Love〉, 〈Papa〉 등이 있다. 이 노래는 폴 앨버트 앵카가 자신이 좋아했던 샹송 〈평상처럼(Comme D' Habitude)〉의 멜로디에 영어 가사를 붙여 은퇴를 앞둔 프랭크 시나트라(Frank Sinatra)에게 선사한 곡이며, 1973년에 개봉된 Emil Nofal과 Roy Sargent 감독의 《위너즈 혹은 마이웨이(The Winners / My Way)》 영화에서 불리기도 했다.

My Way

Paul Albert Anka

And now the end is near
And so I face the final curtain
My friend, I'll say it clear
I'll state my case of which I'm certain
I've lived a life that's full
I traveled each and every highway
And more, much more than this
I did it my way

Regrets, I've had a few
But then again too few to mention
I did what I had to do
And saw it through without exemption
I planned each charted course
Each careful step along the byway
And more, much more than this
I did it my way

Yes, there were times I'm sure you knew
When I bit off more than I could chew
But through it all when there was doubt
I ate it up and spit it out
I faced it all and I stood tall
And did it my way

I've loved, I've laughed and cried
I've had my fill, my share of losing
And now as tears subside
I find it all so amusing
To think I did all that
And may I say not in a shy way
Oh, no, oh no not me
I did it my way

For what is a man, what has he got

If not himself then he has naught

To say the things he truly feels

And not the words of one who kneels

The record shows I took the blows

and did it my way

Yes, it was my way

한때 그렇게도 찬란했던 광휘가
영원히 사라진들 어떠리.
비록 '초원의 빛'과 '꽃의 영광'과 같은 시절은
다시 올 수 없지만,
슬퍼하기보다는, 오히려
뒤에 남은 것에서 힘을 찾으리.

What though the radiance which was once so bright
Be now for ever taken from my sight,
Though nothing can bring back the hour
Of splendour in the grass, of glory in the flower;
We will grieve not, rather find
Strength in what remains behind;

— William Wordsworth

이 세상의 모든 아름다운 것들은 사랑의 또 다른 모습이다. 사랑하
자, 모든 것을 다 바쳐서 사랑하자, 다시는 사랑할 수 없으리만큼 사랑하
자. 그러면 이 세상 도처에서 아름다운 꽃들이 피어나리라.

내가 이 세상을 떠날 때
말할 수 있게 하소서.
채찍처럼 살 속을 파고들어도
휘날리는 눈(雪)과
모든 아름다운 것들을
사랑했노라고.
그 아픔을 원망하지 않고
밝은 미소로 받아들이려 애썼다고.
설사 심장이 찢어진다 해도
내 영혼이 닿는 데까지
혼신을 다해 사랑했노라고.
삶을 삶 자체로 사랑하며
모든 것에 곡조 붙여
아이들처럼 노래했노라고.

— 사라 티즈데일(Sara Teasdale), 「기도(A Prayer)」